DR MORTON
GRUSEL KRIMI BESTSELLER

ORIGINALAUSGABE
IN DEUTSCHER
SPRACHE

ALLE VIER
WOCHEN
NEU

Schreie in der Nacht

»Hast du das gehört?«, fragte das Mädchen und machte sich in den Armen des jungen Mannes steif.

Drei Yards entfernt lag das zweite Pärchen auf dem kurzen Gras, das oberhalb der Klippen von Beachy Head wuchs.

»Ich habe es gehört«, sagte die zweite junge Frau. »Da hat jemand geschrien.«

»Vielleicht dein schlechtes Gewissen«, feixte ihr Freund und versuchte, sie und sich wieder auf die unterbrochene Zärtlichkeit zu konzentrieren. Aber sie wehrte ab, unwillig fast.

Sehr geehrter Leser!

Mit Dr. Glenn Morton hat Autor John Ball eine der faszinierendsten Figuren der Grusel- und Horror-Literatur geschaffen, wenn nicht die fesselndste und bedeutsamste überhaupt.

Außergewöhnlich, initiativ, zielstrebig, ungeheuer ehrgeizig, geachtet, geehrt – genial – und doch hart, rücksichtslos, gehasst: das ist DR. MORTON, Arzt und Wissenschaftler!

Verbrecher und Mörder – das sagen die anderen.

Urteilen Sie selbst! Lassen auch Sie sich von der Ausstrahlung seiner schillernden Persönlichkeit und von seiner unheimlich zwingenden Geisteskraft gefangen nehmen. Er ist ein von seinen Ideen Besessener, ein Genie zwischen Gipfel und Abgrund.

Fürchten Sie sich nicht vor dem Abgründigen in DR. MORTON, fürchten Sie sich nicht vor sich selbst. Schließen Sie das Fenster und löschen Sie das überzählige Licht. Eine angenehme Gänsehaut verträgt nur wenig Geräusch und knappe Helligkeit.

Eine unheimliche Lektüre wünschen Ihnen

Verlag und Redaktion
ERBER+LUTHER VERLAG

ERBER+LUTHER

ERBER+LUTHER VERLAG, Schweiz

DR. MORTON – Grusel-Krimi-Bestseller erscheint monatlich im ERBER+LUTHER VERLAG, Schweiz. Satz und Layout: Digital*ART*. Der Verkaufspreis von 6,95 € versteht sich einschließlich gesetzlicher Mehrwertsteuer. Titelbild: Theo Thomas. Printed in Germany. April 2025
Einzelheft-Nachbestellungen unter: www.romantruhe.de. DR. MORTON ist auch als E-Book erhältlich!

DR MORTON
GRUSEL KRIMI BESTSELLER
ANNE ERBER

Sie setzte sich auf und lauschte in die Nacht. Die war klar, aber mondlos. Obwohl der Tag heiß gewesen war, ging jetzt ein kühler Wind, von dem man nur in den sanften Kuhlen hier oben auf den Klippen so gut wie nichts spürte. Ein Stück entfernt zauste er die wetterharten Büsche, die sich da und dort in der dünnen Erde auf den Klippen festgeklammert hatten. Von drunten hörte man das Rauschen der Brandung. Wenn man genau hinsah, konnte man auch den regelmäßig wiederkehrenden Lichtschein des Leuchtturms erkennen. Die Klippen waren mehr als 500 Fuß hoch, der Leuchtturm stand drunten am schmalen Strand, den man nur unter lebensgefährlicher Kletterei oder vom Wasser aus erreichte. Beachy Head war ein romantischer Platz, wenigstens in der Dunkelheit. Tagsüber war er – bei schönem Wetter – von Touristen überlaufen.

»Da, schon wieder!«, sagte eine der jungen Frauen atemlos.

Diesmal hatten alle den Schrei gehört und er kehrte jetzt in kürzeren Abständen wieder. Es waren Schreie, wie sie ein Mensch in Todesangst ausstößt, und auch die beiden Burschen fühlten sich plötzlich nicht mehr zum Scherzen aufgelegt.

»Tut doch was!«, sagte eins der Mädchen. »Warum tut ihr nichts?«

»Was denn?«, fragte ihr Partner. »Sollen wir hinunterspringen?«

»Nein. Aber ihr könntet …« Doch sie brach ab. Was sie hatte sagen wollen, war: Ihr könntet doch zum Rand der Klippen gehen und nachschauen, was dort unten passiert. Aber dann dachte sie daran, wie gefährlich es schon tagsüber war, dem Rand der Klippen zu nahe zu kommen. Kein Jahr verging, ohne dass ein paar Touristen hinabstürzten. So ein Sturz war absolut tödlich. Man blieb mit zerschmetterten Gliedern drunten auf dem schmalen Strand liegen. Selbst, wenn man bei Flut ins Wasser fiel, war das kein Vorteil.

Tot war man so oder so.

»Seid ihr überhaupt sicher, dass die Schreie von drunten kamen?«

»Ganz sicher.«

»Dann hat der Leuchtturmwärter sie sicher besser gehört. Wahrscheinlich ist er längst unterwegs, um zu helfen. Oder er hat Hilfe herbeigerufen.«

Vor allem die beiden jungen Männer versuchten, ihre Partnerinnen wieder auf andere Gedanken zu bringen. Es gelang ihnen nicht recht. Die Zärtlichkeit, die sie stundenlang wie ein dichtes Netz eingehüllt hatte, war zerrissen.

»Ich glaube, wir fahren zurück.« Eins der Mädchen sagte das. Es richtete sich auf und brachte seine Kleidung in Ordnung. Landeinwärts konnte man den kleinen Morris sehen, mit dem sie gekommen waren. Sie verbrachten ein verlängertes Wochenende hier unten an der Südküste. Die Pension, in der sie wohnten, lag bei Priston, ein Stück hinter Eastdean.

»Jedenfalls schreit jetzt niemand mehr«, sagte der Partner des Mädchens unwillig.

Fast im gleichen Augenblick durchdrang ein weiterer gellender Schrei die Nacht, übertönte das Brandungsrauschen mühelos und schien noch lange nachzuhallen. Was wahrscheinlich eine Einbildung war.

Der schwarzhaarige Bursche, mit einiger Fantasie begabt, stellte sich die möglichen Begleitumstände der Schreie vor. Ein Drama musste sich da unten abgespielt haben. Vielleicht war der Leuchtturmwärter verrückt geworden und jagte, ein Messer zwischen den Zähnen, seine Freundin über den steinigen Strand.

Vielleicht hat er sie inzwischen erstochen, dachte er weiter, und deshalb ist es jetzt wieder ruhig.

Tatsachlich geriet der Leuchtturmwärter, der in dieser Nacht Dienst getan hatte, zunächst in Verdacht, als die Untersuchungen begannen. Denn er versicherte, nichts gehört und nichts gesehen zu haben. Allerdings erwies seine Aussage sich bei näherer Prüfung als durchaus glaubhaft. Wie sich zeigte, hatte man vom Umgang des Leuchtturms aus nach allen Seiten gute Sicht – nur nicht zu einem bestimmten Teil des Strandes. Der lag nämlich hinter dem vorspringenden Teil der Klippen. Und so, wie der Wind in der Nacht gestanden hatte, war es auch glaubhaft, dass das Brandungsrauschen im Leuchtturm alle anderen Geräusche übertönt hatte.

Während die beiden Pärchen droben auf den Klippen sich noch nicht geeinigt hatten, hörte eins der Mädchen ein neues Geräusch. Und das, fanden gleich darauf alle, war sehr viel entsetzlicher als die Schreie.

Es klang wie das Schmatzen eines Tieres beim Fressen. Ein Schmatzen allerdings, das hundertfach verstärkt war. Natürlich mochte die überreizte Fantasie einen Streich spielen, mochten auch die anderen Geräusche – die Brandung vor allem – die Eindrücke verfälschen. Trotzdem hätten die vier jungen Leute spontan geschworen, dass da Knochen knackten, dass Mark aus den Rohren gesogen wurde, dass das vermutete Tier seine Mahlzeit mit einem lauten Rülpsen beendete.

Sie waren alle sehr still und sehr blass geworden. In der Dunkelheit rückten sie näher zusammen. Erst als die Stille wieder über ihnen hing wie eine Glasglocke – das Rauschen der Brandung erschien ihnen jetzt wie ein Bestandteil der Stille –, fragte einer vorsichtig: »Glaubt ihr nicht, wir sollten etwas unternehmen?«

Ja, das glaubten sie alle. Und sie wussten auch, was. Zur Polizei würden sie fahren und ihre Wahrnehmungen dort melden.

»Sofort?«

»Klar doch!«

»Weißt du auch, wie spät es ist?«

Mitternacht war vorüber. Sie sahen sich an und führten eine stumme Unterhaltung. Die Polizisten würden Fragen stellen. Was sie hier oben auf den Klippen mitten in der Nacht getrieben hatten. Nun gut, das war ihre Privatangelegenheit. Das ging die Polizei nichts an. Sie waren alle vier alt genug, um ihr Privatleben zu haben, ohne jede Einschränkung. Aber sie hatten auch alle etwas getrunken. Dass sie zu Fuß hier gewesen waren, würde man ihnen nicht abnehmen. Es waren schon ein paar Meilen bis Priston. Das konnte nicht nur Schwierigkeiten wegen Alkohol am Steuer geben, das machte sie vielleicht auch unglaubwürdig. Möglich, dass man sie auslachte.

»Aber wir können doch nicht bis morgen früh warten!«, sagte eins der Mädchen laut und heftig.

Sie einigten sich darauf, nach Eastdean zu fahren, wo ihres Wissens die nächste Polizeistation war. Einer sollte unterwegs Pfefferminz lutschen und sollte hineingehen und die ganze Story erzählen und anschließend zu Fuß nachkommen.

»Wenn die Polizisten tatsächlich mit uns allen sprechen wollen, können wir behaupten, wir haben erst in der Pension zu trinken begonnen. Auf den Schreck hin.«

Der Vorschlag fand allgemeine Zustimmung. Die vier jungen Leute lauschten noch einmal angestrengt in die Nacht, doch hörten sie nichts mehr. Als sie wenig später in der Nähe der Polizeistation von Eastdean hielten, wussten sie nicht, ob sie enttäuscht oder erleichtert sein sollten.

Die Station war dunkel und verlassen. So fuhren sie weiter nach Priston und meldeten ihre Wahrnehmungen erst am nächsten Morgen.

Wie nicht anders zu erwarten, nahm man alles, was sie zu erzählen hatten, mit nachsichtiger Skepsis auf.

»Ja, ja, die Brandung«, sagte ein altgewordener Constable. »Hört sich manchmal sonderbar an droben auf den Klippen.« Er lächelte versonnen. »Hat uns zu meiner Zeit schon manchen Schrecken eingejagt.«

Die vier Wochenend-Urlauber versuchten, die Beamten zu überzeugen, und erreichten, dass der Sergeant sich telefonisch mit dem Leuchtturm in Verbindung setzte.

Dort war nichts von ungewöhnlichen Vorfällen in der vergangenen Nacht bekannt.

»Keine Schreie?«, fragte der Sergeant.

»Nichts gehört.«

»Kein Schmatzen wie von …«

»Sie wollen sich wohl lustig machen, was?«, fragte der Leuchtturmwärter unwirsch. »Oder treibt Nessie sich jetzt im Kanal herum?«

Der Sergeant zuckte die Achseln, als er das Gespräch beendet hatte, und sah die beiden Pärchen mit spöttisch bedauerndem Grinsen an.

»Scheint, als hätten wir den Weg umsonst gemacht«, sagte einer der Burschen missgestimmt.

»Sehen Sie es doch von der positiven Seite«, riet der Sergeant. »Ist doch fein, dass nichts passiert ist.«

Später bekamen die Beamten einen Rüffel vom Yard, weil sie sich nicht einmal die Personalien der vier jungen Leute notiert hatten. Um sie gründlich vernehmen zu können, mussten sie erst einmal gefunden werden. Und das dauerte Tage.

Einen Tag später meldeten sich bei der Polizeistation von Seaford zwei Pensionsinhaber und berichteten vom Verschwinden von insgesamt drei Gästen. Da die Polizisten in Seaford nichts von den Schreien unter den Klippen von Beachy Head wussten, konnten sie auch keinen Zusammenhang vermuten. Sie nahmen das, was ihnen berichtet wurde, jedoch ernst und leiteten eine Suchaktion ein. Die Tatsachen waren rasch und zweifelsfrei festgestellt. Die drei Personen, zwei Männer und eine Frau, die sich offenbar während des Urlaubs kennengelernt hatten, waren mit einem Ruderboot zu einer Tagestour gestartet. Man hatte sie auf die Gefahren aufmerksam gemacht und gewarnt, über die Zone des Sandstrandes östlich von Seaford hinauszurudern. Nach und nach fanden sich Augenzeugen, die das Boot gesehen zu haben glaubten. Jedenfalls war an dem fraglichen Tag ein Ruderboot weiter nach Osten gegangen. Wenn sich nicht alle Zeugen täuschten, war es auch mit drei Personen besetzt gewesen.

»Immer diese verrückten Touristen«, schimpfte einer der Beamten. »Sind wahrscheinlich bis Beachy Head gerudert und unterwegs in Schwierigkeiten geraten.«

Ein Boot der Wasserschutzpolizei Eastbourne wurde alarmiert und setzte sich westwärts in Bewegung. Es legte beim Leuchtturm von Beachy Head an. Der Leuchtturmwärter sah von oben zu, wie die Uniformierten das Gelände absuchten. Sie fanden kein Boot und auch keine Spuren. Schließlich kletterten zwei von ihnen den Leuchtturm hinauf. Die Unterhaltung mit dem Wärter war unergiebig – bis er sich des Telefonats erinnerte. Auf diesem Umweg erfuhr man auch in Eastbourne und Seaford von den angeblichen Schreien und dem angeblichen Schmatzen (was man nach wie vor für ein Hirngespinst hielt). Die Polizei begnügte sich damit, vorläufig eine Theorie aufzustellen.

Danach war das Boot mit den beiden Männern und der Frau in die Dunkelheit geraten und in der Brandung vor den Klippen gekentert. Es gab hier eine gefährliche Unterströmung, die Menschen und Boot wahrscheinlich hinausgerissen hatte. Die Polizisten von Seaford sprachen mit einigen Fischern, die da draußen ihre Reviere hatten, und baten sie, auf Wrackteile zu achten. Möglich, dass auch die Leichen auftauchten.

Die Fischer nickten und versprachen, die Augen offenzuhalten. Zwei von ihnen meldeten sich schon am nächsten Tag auf der Polizeistation von Seaford. Sie hatten ein Bündel mitgebracht und ihre wettergegerbten Gesichter wirkten ungewöhnlich blass.

»Ihr habt was gefunden, he?«, fragte der Sergeant.

»Das da«, sagte einer der Fischer und breitete das Bündel auf dem Schreibtisch aus. »Es war in unserem Netz.«

Einer der jüngeren Constables warf nur einen Blick auf den Fang. Dann ging er rasch hinaus zur Toilette. Er übergab sich.

Im Netz der Fischer hatten sich Knochen gefunden, zweifellos frisch und ebenso zweifellos von Menschen. Das Salzwasser hatte sie noch nicht zerfressen, sogar die Knorpel hingen noch an den Enden. Die großen Röhrenknochen – Oberschenkelknochen – waren aufgebrochen und ohne Mark.

Später, als man das Material in den Labors von Scotland Yard untersuchte, fanden Experten deutliche Spuren von Zähnen. Aber es mussten Zähne von ungewöhnlicher Größe gewesen sein. Eine Erklärung für das, was sich vor den Klippen von Beachy Head abgespielt hatte, gab es nicht. Auch die erfahrensten Zoologen konnten kein Tier benennen, das über Zähne von der ermittelten Größe verfügte und in diesen Breiten lebte.

Noch einmal wurden die Klippen, wurde der schmale Strand gründlich abgesucht, aber auch diesmal fanden sich keine Spuren, die Licht in das Dunkel des grauenhaften Vorfalls gebracht hätten.

Die Boulevardzeitungen hatten ihr Großthema für die beginnende Saure-Gurken-Zeit. Das Ungeheuer von Loch Ness durfte in diesem Sommer ruhen. Der Spuk von Beachy Head lief ihm mit Leichtigkeit den Rang ab.

*

Im Ärmelkanal herrschte ausnehmend ruhiges Wetter. Die meisten Besatzungsmitglieder des Frachters *Caroline*, der von Hamburg kommend unterwegs nach Bristol war mit einer Ladung hochwertiger optischer Geräte an Bord, dösten in der Sonne, und ein alter Fahrensmann sagte immer wieder jedem, der es nicht hören wollte: »Das ist das schönste Wetter, das ich in fünfzig Jahren im verdammten Kanal erlebt hab. Das ist gar nicht wahr, wenn ihr mich fragt!«

Als es kühl wurde gegen Abend, gaben die Matrosen das Sonnenbaden auf und verrichteten die tagsüber liegengebliebenen Arbeiten. Am Steuerruder stand der jüngste Matrose, der bei diesen idealen Wetterverhältnissen Kanalerfahrung sammelte, wie der Käpt'n das nannte.

Bei Einbruch der Dunkelheit wurde der Matrose abgelöst. Zwei Stunden später ging ohne erkennbaren Grund ein starkes Vibrieren durch das ganze Schiff. Der Kapitän kam auf die Brücke.

»Was ist los?«, fragte er noch nicht beunruhigt, aber doch einigermaßen verblüfft, denn trotz aller Erfahrung konnte er sich nicht vorstellen, was zu dieser sonderbaren Vibration geführt haben konnte.

»Muss was mit dem Ruder sein«, sagte der Steuermann. »War sekundenlang blockiert, bevor das Vibrieren anfing.«

»Kann sich was verhakt haben außenbords«, murmelte der Kapitän. »Jetzt wieder alles in Ordnung?«

»Alles okay«, bestätigte der Steuermann.

Augenblicke später bekam das Schiff steuerbords einen so starken Schlag, dass der Steuermann zu Boden ging und das Rad sich wie verrückt drehte. Den Kapitän hatte es gegen die Wand geschleudert. Vom Vordeck kam das laute Fluchen zweier Matrosen, dann rief einer: »Henry hat sich den Fuß verletzt! Gebrochen, glaube ich!«

Der Kapitän kratzte sich am Hinterkopf und sah sich um, als müsse aus irgendeinem Winkel die Erklärung für das Unverständliche kommen. Die See war immer noch glatt wie ein Teppich. Weit und breit war kein anderes Schiff in Sicht. Nur, wenn man sehr gute Augen hatte, konnte man im Norden die Lichter der Küste sehen. Es mussten die von Brighton sein.

»Ich nehme das Ruder«, sagte der Kapitän. »Geh du und kümmere dich um den Verletzten.«

Aber der Steuermann war noch nicht von der Brücke, als der nächste Schlag das Schiff erschütterte.

»Wir sind auf Grund gelaufen!«, schrie einer von achtern.

»Verrückt?«, keuchte ein anderer. »Weißt du, wie viel Wasser …« Er kam nicht dazu, den Satz zu beenden. In diesem Augenblick wurde der Frachter *Caroline* in die Höhe gehoben, sodass er nur noch mit dem Flachkiel im Wasser war. Als er zurückklatschte, hörte man ein gefährliches Krachen, von anderen, nicht weniger alarmierenden Geräuschen gefolgt.

Aber die hörten nicht mehr alle. Der Steuermann zum Beispiel lag mit eingeschlagenem Schädel neben dem Ruder. Der Kapitän war von der Brücke gestürzt und ohnmächtig. Henry mit dem verletzten Fuß schrie vergeblich um Hilfe. Wer sich noch auf den Beinen halten konnte, war mit sich selbst beschäftigt. Grauen verzerrte die Gesichter der Männer. Keiner, der nicht wusste, wie es auf See zugehen kann. Keiner aber auch, der eine Erklärung für das hatte, was jetzt mit ihnen und ihrem Schiff geschah.

Noch ein Stoß, diesmal von der Seite und nicht so hart wie der vorige, aber diesmal brach irgendwas an der altersschwachen *Caroline*. Ein Leck entstand. Es lag unterhalb der Wasserlinie. Man hörte, wie das Wasser gurgelnd in den Rumpf schoss und das mit solcher Geschwindigkeit, dass die *Caroline* sich schon nach steuerbord zu legen begann.

»Wir müssen in die Boote«, keuchte ein Matrose. »Wo ist der Alte? Hast du den Alten gesehen?«

»Liegt dort vorne an der Brücke«, keuchte ein anderer zurück und schickte sich an, eins der Rettungsboote klarzumachen.

Zu spät. Riesig und unwirklich tauchte ein Schatten vor der *Caroline* auf. Erst waren nur Umrisse zu erkennen, dann blitzte etwas. Es waren Zähne, lange, nadelscharfe Zähne, Zähne so groß wie Dolche und darüber zwei tellergroße Augen, die bösartig funkelten.

Der alte Fahrensmann bekreuzigte sich und saß dann ganz still in dem Winkel, in den ihn der letzte Stoß geworfen hatte. Er fand sich als Erster mit seinem Schicksal ab. In Sekundenschnelle schossen ihm all die alten Legenden durch den Kopf, die er als Schiffsjunge und auch später noch gehört hatte. Vergessen waren sie gewesen, im Lauf der Jahrzehnte als Fantasien abgetan, weil die anderen, die Jungen darüber lachten. Und jetzt zeigte sich, dass sie stimmten, die Berichte von Seeungeheuern, die ein Schiff in Stücke schlugen und die Besatzung herauspickten, Mann für Mann, wie man Maden aus dem Speck holt.

Noch einmal tauchte das Ungeheuer weg, aber nur, um Sekunden später erneut aus dem Wasser zu schießen. Schwer schlug es aufs Vorschiff. Die Brücke splitterte weg, als wäre sie aus Streichhölzern, und der Kapitän wurde die erste Beute des Untiers.

Der jüngste Matrose – vor einigen Stunden hatte er noch bei strahlendem Sonnenschein am Ruder gestanden und Zukunftsträume von einem großen, weißen Schiff geträumt, das unter seinem Kommando über die Weltmeere fuhr – dieser Matrose also hatte sich versteckt und hoffte, obwohl er vor Angst halb wahnsinnig war, dem Gemetzel zu entgehen. Er hörte, wie einer seiner Kameraden nach dem anderen zerfetzt, verschlungen, ausgesaugt wurde, wie die Knochen knackten.

Dann krachte es direkt über ihm und der vermeintlich stabile Aufbau war nur noch ein Trümmerhaufen. Heißer Atem wehte ihm ins Gesicht. Blutatem. Fast behutsam griffen zwei Reihen nadelspitzer Zähne nach ihm, aber im nächsten Moment durchbohrten sie ihn und schenkten ihm einen raschen Tod.

Einen Tag später – die See war immer noch glatt, die Sonne brannte auch heute von einem wolkenlosen Himmel und die ältesten Bewohner der Südküste erinnerten sich kaum einer derart lang anhaltenden Schönwetterperiode – fanden Fischer einige Trümmer des Frachters *Caroline*. Sie verständigten den Seenotrettungsdienst. Auch zwei Polizeiboote liefen aus.

Von der Besatzung der *Caroline* fand sich – nein: *Keine Spur* wäre falsch gewesen; Blutspuren waren alles, was sich zunächst von der Besatzung des Schiffes fand, für dessen Zerstörung man keinerlei Erklärung hatte.

Wiederum einen Tag später brachten die Fischer erneut grausige Beute an Land, die sich in ihren Netzen verfangen hatte: Frische Menschenknochen, mit Resten von Knorpeln, auch ein paar Stofffetzen und einen kompletten Schädel, an dem noch die Kopfhaut hing mit dem größten Teil der Haare. Das Hirn jedoch war ebenso restlos verschwunden wie alles Fleisch.

Zwar dauerte es lange, aber der Schädel wurde schließlich als der des Steuermanns identifiziert; dessen Zahnarzt erkannte seine Arbeit ohne jeden Zweifel.

*

Selbstverständlich waren die Zeitungen jetzt nicht mehr zu halten. Selbst die seriösen Blätter sahen sich gezwungen, Reporter an die Südküste zu schicken, wo die Journalisten sich bald gegenseitig auf die Zehen traten. Dem Fremdenverkehr kamen die blutigen Sensationen sehr zugute. In Brighton und Eastbourne und jedem Ort, der dazwischenlag, gab es kein freies Bett mehr. Tag für Tag erwartete die sensationsgierige Meute neue Meldungen – aber das sagenhafte Ungeheuer, das niemand gesehen hatte, der noch darüber erzählen konnte, blieb unsichtbar.

Die Mehrzahl der Reporter hinderte das nicht daran, Tag für Tag neue, grauenhafte Stories zu bringen. Rätselhafte, halbvergessene Vorgänge aus vergangenen Jahren wurden aufgebauscht und dem Untier angelastet. Jeder Mensch, ob Fischer oder Tourist, der seit Menschengedenken im Kanal ertrunken war und dessen Leiche sich nicht angefunden hatte, wurde nachträglich zum Opfer des Ungeheuers. William Grimsby, der sich hier einige seiner Opfer entledigt hatte, war durch diese Vorgänge rehabilitiert worden, falls jemals ein Verdacht gegen ihn bestand.

Die Times und einige andere Blätter, gewohnt, sich zurückhaltend zu geben, bemühten nationale und internationale Koryphäen der Zoologie. Was sie zur Grundlage ihrer Darlegungen machen konnten, war allerdings so dürftig, dass sie sich in eher verwirrenden, weitschweifigen Kommentaren ergingen, anstatt konkret auf das Vorhandensein eines bis jetzt unbekannten Tieres einzugehen. Dr. Morton und William Grimsby verfolgten aufmerksam das Geschehen, sahen aber derzeit keinen Grund, sich näher mit den Umständen zu befassen. Morton wies Grimsby an, das weitere Vorgehen von Jones und dem Lord, seinem anderen Ich, in Erfahrung zu bringen.

Rob Jones trug alles zusammen, was er in den Zeitungen und Zeitschriften fand. Eigentlich hatte er erwartet, dass der Lord von sich aus Interesse zeigen würde. Musste es ihn nicht reizen, dem Geheimnis auf den Grund zu gehen, das mit herkömmlichen Mitteln offenbar nicht zu lösen war? Als der Lord nach mehr als zwei Wochen immer noch nicht von selbst auf das Thema Seeungeheuer gekommen war, legte Rob Jones ihm die gesammelten Zeitungsausschnitte auf den Tisch und fragte: »Was halten Sie davon, Sir?«

»Sie glauben an die Existenz des Ungeheuers?«

»Ich … Nein, eigentlich nicht, Sir. Aber ich glaube an ein Verbrechen.«

Der Lord nickte nachdenklich.

»Jemand probiert da etwas aus, Sir. Vielleicht eine neuartige Waffe.«

»Und die abgenagten Knochen, Rob?«

»Könnte eine Art Tarnung sein.«

»Eine interessante Theorie.«

»Ich sehe, Sie sind anderer Ansicht.«

»Allerdings«, sagte der Lord knapp. »Nach meiner Meinung gibt es dieses Untier, aber Sie haben trotzdem recht. Ein Verbrechen.«

Es bedurfte keiner langen Erklärungen zwischen ihnen. Rob Jones vermochte den Gedankengängen des Lords auch so zu folgen. Dass er Nervosität zeigte, hatte einen naheliegenden Grund. Aber bevor er seine Frage formulieren konnte, sagte der Lord: »Halten Sie mich für ängstlich, Rob?«

»Sie, Sir?«, fragte er entgeistert.

»Bin ich feige?«

»Ich verstehe wirklich nicht, weshalb Sie mir solche Fragen stellen. Das ist … das ist geradezu lächerlich!«

»Ich habe Angst, Rob.«

»Nein, Sir, das nehme ich Ihnen nicht ab.«

»Seit ich die erste Zeile über diese rätselhaften Vorfälle gelesen habe, geht die Sache mir kaum aus dem Kopf. Ich weiß, Sie haben die ganze Zeit über darauf gewartet, dass ich etwas dazu sage. Ich hätte das auch längst getan. Aber ich bildete mir ein …« Er brach ab, schwieg lange, seufzte dann, lächelte fast hilflos und fügte sachlich-selbstkritisch hinzu: »Es war natürlich Nonsens zu glauben, ich könnte auf diese Weise darum herum kommen.«

»Sir, jetzt verstehe ich gar nichts mehr«, gestand Rob Jones.

»Dann muss ich versuchen, es Ihnen zu erklären. Als die ersten Meldungen über die Knochenfunde in den Fischernetzen in den Londoner Zeitungen standen, spürte ich, dass sich dahinter etwas Entsetzliches, etwas durch und durch Grauenvolles verbirgt. Mein spontaner Impuls war: Nachforschen, was es damit auf sich hat, versuchen, Scotland Yard – oder wen immer es angeht – einen Tipp zu geben. Sie haben nicht gemerkt, dass ich eines Nachts verschwunden war?«

»Sie waren ...« Rob Jones wurde abwechselnd blass und rot und schüttelte den Kopf. »Nein, Sir«, sagte er fast schuldbewusst.

»Nun, ich kehrte auch in aller Frühe zurück, ohne mein Ziel erreicht zu haben. Ich konnte die Reise einfach nicht fortsetzen, verstehen Sie?«

»Nein.«

»Ich hatte Angst, Rob! Unüberwindliche Angst! Mir war, als liefe ich direkt auf einen Abgrund zu.«

Rob Jones schüttelte abermals den Kopf. Er hörte zwar, was der Lord sagte, aber es passte nicht in seinen Kopf. Wenn er das glauben sollte, musste er seine Vorstellungen gründlich korrigieren. Bis zu diesem Tag hatte er immer geglaubt, Angst sei ein dem Lord völlig fremdes Gefühl. Wie oft hatte er sich gewünscht, der Lord möge wenigstens ein Minimum an Angst entwickeln, damit er sich nicht so bedenkenlos in die haarsträubendsten Abenteuer stürzte.

Deshalb hörte er sich auch jetzt sagen: »Sie hatten Angst, Sir. Das ist gut ...«

»Ich verstehe Ihre Überlegungen. Aber ich kann der Tatsache nichts Positives abgewinnen. Ich leide darunter, Rob. – Nein, nein, es geht nicht darum, dass ich mich vor mir selbst zu schämen begänne. So einfach liegen die Dinge nicht. Ich leide unter der Unerklärbarkeit. – Wovor fürchte ich mich, Rob? In etwas verwickelt zu werden, das meinen Tod bedeuten könnte? Ich war dem Tod schon recht oft sehr nah. Mit vollem Bewusstsein. Und Sie täuschen sich, wenn Sie denken, ich hätte dann kein Angstgefühl gehabt. Ich hänge am Leben wie Sie oder jeder beliebige andere. Ich genieße das Leben. Wenn es manchmal so schien, als setzte ich mein Leben leichtfertig aufs Spiel, so war das eine Täuschung.«

»Wirklich, Sir?«, fragte Rob Jones zweifelnd.

»Ich hatte dann nur eingesehen, dass nichts dabei herauskäme, wenn ich meine Furcht zeigte. Also unterdrückte ich sie, so gut es ging.«

»Ich brauche Zeit, um das alles zu begreifen, Sir«, murmelte Rob Jones. »Aber um ehrlich zu sein: Ich bin erleichtert.«

»Kommen wir auf das Seeungeheuer zurück. Ich bin überzeugt, dass es real ist, Rob. Ich möchte das Geheimnis lösen, aber bis heute ist es mir nicht gelungen, meine unerklärliche Angst zu überwinden, und deshalb bin ich auch keinen Schritt weitergekommen. Sobald ich es versuche, bin ich völlig blockiert. Mehr als einmal war ich versucht, mit Ihnen darüber zu sprechen. Ich tat es nicht, weil ich mir einbildete, ich könnte die ganze Angelegenheit im Laufe der Zeit verdrängen. Aber das wäre die wahre Feigheit. So viel weiß ich jetzt. Ich muss mich dem Problem stellen.«

»Nein, Sir!«, widersprach Rob Jones. »Ich sehe das so: Wir alle haben Instinkte, die uns vor Gefahren warnen. Bei Ihnen sind sie besser erhalten als bei den meisten anderen Menschen. Sie sollten die Warnung nicht in den Wind schlagen.« Er nahm die Zeitungsausschnitte vom Tisch, knüllte sie zusammen und sah sich nach einem Papierkorb um. »Sie könnten es gar nicht verantworten, gegen Ihre Instinkte zu handeln. Das wäre Selbstmord.«

Der Lord schwieg. Er war noch nicht so weit, sich mit Rob Jones über diese Frage auseinanderzusetzen. Aber lange konnte es jetzt nicht mehr dauern.

*

Schon seit Monaten sah Rob Jones sich nach einem geeigneten Wasserfahrzeug um. Seit der Zugang zu der winzigen Bucht in der Bucht entdeckt war: der Gang mit den steilen, teils gewendelten, teils schräg in den Fels gehauenen Treppen, der von Schloss Goonhilly hinab ans Meer führte.

Er hatte immer noch nicht gefunden, was des Lords und seinen eigenen Wünschen entsprach. Vorläufig schaukelte da drunten nur ein altes Fischerboot mit einem allerdings recht starken Motor. Rob Jones hatte es gesäubert und überholt. Man konnte damit relativ gefahrlos durch Mount's Bay schippern oder an der Küste entlang. Aber eigentlich war es für eine Reise entlang der ganzen Südküste absolut ungeeignet. Bei jedem stärkeren Wind blieb nichts anderes übrig, als den nächsten Hafen anzulaufen. Außerdem bedeutete es großen Zeitverlust, sich praktisch stets unter der Küste zu halten, der vielfach geschwungenen, vor- und zurückweichenden Linie zu folgen, anstatt von Lizzard Point den direkten Weg nach Prawle Point zu nehmen und dann im nächsten *Sprung* St. Catherine Point anzusteuern, den südlichsten Punkt der Insel Wight, von wo aus es nur noch etwa 65 Meilen bis Seaford waren.

Am frühen Morgen hatte Rob Jones noch einmal zweifelnd gefragt: »Möchten Sie wirklich das Boot benutzen, Sir?«

»Welche Alternative schlagen Sie vor, Rob?«

»Mit dem Rolls wären wir in ein paar Stunden in Brighton. Dort können wir jederzeit ein tüchtiges Boot chartern und sind in kürzester Zeit am Ziel.«

»In kürzester Zeit«, hatte der Lord geantwortet. »In zu kurzer Zeit, Rob. Außerdem kennen Sie meine Angst, meine Ängste … Der Landweg ist mir unsympathisch, ohne dass ich sagen könnte, warum. Ich glaube, dass wir auf dem Wasser sicherer sind.«

»Trotz des – Ungeheuers, Sir?«

»Trotz des Ungeheuers«, hatte der Lord bestätigt, und so war die Entscheidung gefallen.

Das Boot lief etwa zehn Knoten in der Stunde. Die See war mäßig bewegt. Unter anderen Umständen hätte das eine erholsame Reise werden können. Aber Rob Jones, während er am Ruder stand, konnte seine Gedanken nicht davon abhalten, pausenlos um das Ungeheuer und das damit verbundene Verbrechen zu kreisen. Er hatte nicht lange daran gezweifelt, dass der Lord mit seiner Annahme recht hatte. Aber was bedeutete das im Klartext: ein Ungeheuer und ein Verbrechen?

Sie blieben auf See, bis es finster war, und legten dann in einem winzigen Hafen an, wo eine einzige Laterne brannte und niemand Notiz von ihnen nahm.

»Dort drüben gibt es ein Gasthaus, Sir. Sie könnten dort eine warme Mahlzeit bekommen.«

»Gehen Sie allein hin, Rob. Ich begnüge mich mit einem Sandwich.«

Rob Jones blieb ebenfalls an Bord, auch wenn ihm das Wasser im Mund zusammenlief, wenn er an ein saftiges Steak und ein frisches Bier vom Fass dachte. – Er schlug ein halbes Dutzend Eier über einige Scheiben Schinken. Das Bier aus der Dose schmeckte schließlich auch nicht übel.

Schon im Morgengrauen legte das Boot wieder ab. Der zweite Tag verlief so ereignislos wie der erste, nur das Wetter wurde etwas schlechter. Der Wind frischte auf. Kam man der Küste zu nahe, dann begann das Boot unangenehm zu rollen. Der Lord schien nichts zu spüren, aber bei Rob Jones zeigten sich Zeichen einer Seekrankheit, die jedoch glücklicherweise bald wieder vergingen.

Sie erreichten ihr Ziel am Nachmittag des dritten Tages und mittlerweile hatte auch Rob Jones sich so an das Bordleben gewöhnt, dass er überrascht war, als der Lord sagte: »Ich hätte nichts dagegen, Rob, wenn Sie den Abend an Land verbrächten. Sicher kennen Sie in Seaford ein Restaurant, das Sie für die Entbehrungen der letzten Tage entschädigt.«

»In der Tat, Sir … Aber wollen Sie nicht mitkommen?«

»Ich brauche Ruhe.«

»Ah, ich verstehe, Sir.« Wie sich später zeigte, hatte er doch nicht ganz verstanden. Denn als er nach einer ausgiebigen Mahlzeit im King's Head zurückkehrte, war das Boot verschwunden.

Rob Jones versetzte es einen richtigen Schock. Ihm wurde plötzlich eiskalt. Irgendwo da draußen in der finsteren Unendlichkeit des Wassers war der Lord an Bord des winzigen Bootes, und wenn ihm Gefahr drohte, wenn seine Befürchtungen nicht trogen (und darauf wagte Rob Jones nicht zu hoffen), dann war das eine fabelhafte Gelegenheit. Für die anderen. Für die unbekannten Gegner. Für das Ungeheuer, das bereits zehn Menschen auf dem Gewissen hatte, vielleicht auch mehr, wer vermochte das zu sagen.

Rob Jones hätte gern etwas unternommen, aber er sah keine Möglichkeit. Sollte er eventuell Dr. Morton informieren und fragen, ob Grimsby oder Vaultier helfen konnten? Er verwarf den Gedanken wieder. Er musste es alleine schaffen. Chartern konnte er um diese Zeit kein Boot mehr. Er hätte eins entwenden können und das auch ohne Skrupel getan, aber was gewann er, wenn er auch noch in die Finsternis hinausfuhr, ohne zu wissen, in welcher Richtung der Lord zu suchen war?

Ruhelos ging er auf dem Kai auf und ab, starrte angestrengt ins Dunkel, als könne er den Lord mit Blicken zurückholen. Eine Stunde verging. Rob Jones war sie vorgekommen wie ein Tag. Er hörte ein verzweifeltes Stöhnen und begriff, dass das aus seinem Mund gekommen war. Vorübergehend machte er dem Lord Vorwürfe. Warum hatte er kein Wort gesagt? Musste er ihn in solche Sorgen stürzen? Gewiss hatte er doch vorher gewusst, dass er noch einmal auslaufen würde.

Ich hätte protestiert, dachte Rob Jones. *Ich hätte darauf bestanden, mitzufahren. Wenigstens versucht hätte ich es.*

Zweifellos hatte der Lord das gewusst. Wahrscheinlich fürchtete er um seine Konzentration, wenn er sich mit Rob Jones auseinandersetzen musste. So gesehen war sein Handeln erklärlich.

Rob Jones starrte hinaus und fragte sich, ob der schwache Schein eine Täuschung seiner überreizten Nerven oder Realität sei. Doch der Schein wurde heller; allmählich kristallisierten sich Einzelheiten heraus: Umrisse eines Bootes. Es konnte das Boot des Lords sein. Rob Jones stand am äußersten Ende der Kaimauer und starrte so angestrengt aufs Wasser, dass seine Augen schmerzten. Als er endlich sicher war, lachte er vor Erleichterung und wischte sich über die Augen. Dem Lord war nichts passiert und er lebte.

Der Lord entschuldigte sich. Er war abwesend, bestimmt nicht gewillt, jetzt Fragen zu beantworten. Rob Jones sah ihn schweigend an und unterdrückte seine aufkeimende Wut gegen ihn.

»Später. – Bekommen wir jetzt noch irgendwo Hotelzimmer, Rob?«

»Das weiß ich nicht, Sir. Ich kann es versuchen.« Offenbar war das Boot nicht mehr sicher genug. Hatte es einen Zusammenstoß gegeben? Nein, das wohl nicht. Aber der Lord schien ihn für den Rest der Nacht für möglich zu halten.

Sie nahmen das Nötigste mit und gingen an Land. Im ersten und zweiten Hotel bedauerte man; immer noch übte das Ungeheuer seine Anziehungskraft auf Touristen und Reporter aus, man war voll belegt. Die Tür einer Pension wurde ihnen erst gar nicht geöffnet. Im dritten Hotel hatten sie schließlich Glück. Ein Doppelzimmer war noch frei. Rob Jones konnte lange nicht einschlafen. Neben sich hörte er die ruhigen Atemzüge des Lords. Erst als der Morgen graute, fiel auch Rob Jones in einen unruhigen Schlaf. Ihn weckten die Sonnenstrahlen, die durchs Fenster fielen. Ein strahlender Tag kündigte sich an. Er ließ einen Teil der Ängste und Sorgen der vergangenen Nacht verblassen.

Beim Frühstück fragte Rob Jones: »Was steht heute auf dem Programm, Sir?«

»Die Rückfahrt.«

»Dann haben Sie schon alles gesehen, was Sie interessiert, Sir?«

»Nichts. Ich habe keinen Erfolg gehabt, Rob. Ich glaube nicht, dass ich auf dem richtigen Weg bin. Es ist zwecklos, länger hierzubleiben.«

»Und es wäre gefährlich?«

Der Lord nickte. – Sie begaben sich sofort nach dem Frühstück an Bord des Bootes. Rob Jones überprüfte die Vorräte und kam zu dem Schluss, dass er sie auch dort ergänzen konnte, wo sie die nächste Nacht verbringen würden.

Der Lord war während der Ruckreise nach Mount's Bay absolut nicht schweigsam. Nur über das Ungeheuer von Beachy Head verlor er kein Wort.

Am Morgen nach der Rückkehr, Rob Jones hatte in der Küche gefrühstückt und Judy Wilson versichert, nirgends schmecke es wie bei ihr, was die rosige Köchin mit glückseligem Lächeln zur Kenntnis nahm, an diesem Morgen also ging er den Gang mit den teils gewendelten, teils schräg in den Fels gehauenen Treppen hinunter zu der kleinen Bucht. Er war dagegen, Arbeiten aufzuschieben, die getan werden mussten. Auf dem letzten Teil der Ruckreise hatte der Motor des Fischerbootes zu stottern begonnen. Es konnte nur eine Kleinigkeit sein, vielleicht war die Benzinleitung verstopft. Jedenfalls wollte Rob Jones sich sofort darum kümmern, damit das Boot wieder voll einsatzbereit war, wann immer man es brauchte.

Es war neblig. Man sah kaum 100 Yards weit. Sogar die Brandung schien durch den Nebel gedämpft zu werden. Die Schreie der Möwen klangen wie in Watte gepackt. Ab und zu hörte man von weit draußen das laute Tuten eines Nebelhorns. Auf dieser Seite von Mount's Bay verkehrten nur wenige Schiffe. Anders sah es an schönen Tagen mit Segelbooten und Motoryachten aus. Doch wer mochte durch solche Suppe kreuzen?

Rob Jones öffnete den Motorraum und kontrollierte den Vergaser. Mit sicherem Griff hatte er die Schadenstelle gefunden. Er zerlegte einen Teil des nicht sehr komplizierten Geräts, reinigte das Ausgebaute sorgfältig und fügte es wieder zusammen. Der Motor schien einwandfrei zu laufen.

Rob Jones war das nicht genug. Er wollte erproben, wie er unter Belastung lief. Also löste er die Taue und tuckerte behutsam rückwärts, bis er genügend Wasser unterm Kiel hatte, um wenden zu können, ohne die Schraube zu beschädigen.

Sobald der Motor die Betriebstemperatur erreicht hatte, schob Rob Jones den Gashebel ganz nach vorn. Das alte Boot schien sich aufzubäumen, ein Zittern lief durch den Rumpf und bald hatte der Kahn seine maximale Geschwindigkeit erreicht.

Gewiss, es war leichtsinnig, bei diesem Nebel so schnell zu laufen. Rob Jones betätigte das Nebelhorn fast ununterbrochen. Außerdem nahm er das Gas zurück, sobald er sicher war, dass dem Motor nichts mehr fehlte. Er wendete in kurzem Bogen und hielt, langsam jetzt, auf die Küste zu.

Der Angriff kam so plötzlich, dass Rob Jones nicht einmal in der Lage war, sich am Ruder festzuklammern. Es war ein Stoß, als sei er gegen eine Felswand geknallt. Rob Jones ging über Bord. Er glitschte an etwas entlang, das hart und doch elastisch war und raue Schuppen hatte. Schuppen von einer Größe, wie Rob Jones sie nicht kannte. Seine Gedanken setzten aus. Nur der Selbsterhaltungstrieb steuerte ihn und der ließ ihn tauchen, so rasch er konnte.

Das Meer wurde aufgewühlt, als koche es. Mit einem wütenden Schlag des Schwanzes schleuderte das Untier das kleine Boot viele Yards hoch in die Luft. Als es auf den Rücken des Ungeheuers krachte, zerbarst es in unzählige Einzelteile. Der Motor, der eben noch aufgejault hatte, als die Schraube den Widerstand des Wassers nicht mehr zu überwinden brauchte, verstummte für immer. Von Rob Jones war nichts mehr zu sehen.

*

Der Lord stand in der kleinen Bucht, die für Uneingeweihte nur vom Wasser aus zu erreichen war. Seitlich hinter ihm stand Keith Barron, der Butler von Schloss Goonhilly, den er für alle Fälle mitgenommen hatte. Keith Barron starrte misstrauisch auf die Maschinenpistole, die er in der Hand hielt. Gewiss, er konnte mit so einem Ding umgehen, hatte es beim Militär gelernt. Aber ihm wäre wohler gewesen, hätte der Lord wenigstens eine Andeutung fallen lassen, gegen wen sie hier unten in der Bucht kämpfen wollten.

Auch der Lord war mit einer Maschinenpistole bewaffnet. Auf dem Weg durch den Fels hatte er flüchtig daran gedacht, dass er die Anschaffung der Waffen missbilligt hatte. Aber Rob Jones, der sie eines Tages, auf Anraten von Dr. Morton, herbrachte, hatte gemeint, man könne nie wissen …

Nein, man konnte nicht wissen, in welche Situationen man geriet und welche Art Hilfe man dann brauchte. Der Lord wusste jetzt noch nicht mit Bestimmtheit, was die nächsten Minuten bringen würden. Er hatte nur gespürt, dass Rob Jones in Lebensgefahr war, dass er Hilfe brauchte. Diese Eingebung hatte er – wie anders? – sofort mit dem Ungeheuer von Beachy Head in Verbindung gebracht. Der Griff nach den Waffen war ein Reflex gewesen. Als Keith Barron ihm über den Weg gelaufen war, hatte er ihn gebeten, mitzukommen.

Sie standen nun schon eine Viertelstunde hier unten am Strand und starrten in den Nebel. Endlich wagte der Butler, sich zu räuspern. Er fragte behutsam: »Sir, werden Sie mir rechtzeitig sagen, worauf ich schießen soll?«

»Das hoffe ich, Keith. – Rob ist mit dem Boot draußen. Ich hoffe, ich habe mich geirrt, und er kommt heil zurück. Aber fallen Sie nicht in Ohnmacht, wenn Sie hier irgendwo ein Geschöpf auftauchen sehen, wie es Ihnen noch nie vor Augen gekommen ist.«

»So etwas wie der Spuk von Beachy Head, Sir?«, fragte Keith Barron und schüttelte sich unwillkürlich.

»Genau das«, murmelte der Lord. Er ließ die Waffe plötzlich fallen und lief ein Stück nach Südosten, der Uferlinie folgend. Keith Barron begriff nicht gleich. Vorsichtshalber lud er durch und hob den Lauf der MP an.

Doch dann sah er den Körper, der da angeschwemmt wurde. Er trieb reglos im Wasser, den Kopf nach unten. An der Glatze erkannte Keith Barron seinen Freund-Feind Rob Jones.

»Heiliger Patrick!«, murmelte er und wurde blass. Dann warf er die Maschinenpistole ebenfalls in den Sand und rannte, um dem Lord zu helfen.

Sie zogen Rob Jones aus dem Wasser und drehten ihn um.

»Lebt er, Sir?«

»Ich weiß es nicht«, murmelte der Lord. Er dachte an sein anderes Ich und fragte sich, was Glenn Morton in dieser Situation tun würde. Im nächsten Augenblick war er schon über Rob Jones. Er stemmte sein rechtes Knie auf dessen Brustkorb. Als hätte er das Dutzende Male getan, presste er das Wasser aus Rob Jones' Lungen und begann die künstliche Beatmung. Auch die Herzmassage führte er aus wie ein erfahrener Arzt. Keith Barron sah staunend zu. Obwohl er über die Zusammenhänge zwischen Lord Morton und seinem Herrn, über deren enge Verbindung nicht informiert war, dachte er, dass der Lord vermutlich auch ein Skalpell mit dem Geschick eines geübten Chirurgen zu führen in der Lage sei.

Endlich begann Rob Jones wieder zu atmen. Sein Herz schlug unregelmäßig, aber es schlug. Er bewegte den Kopf, ohne die Augen zu öffnen. Auch schien er etwas zu murmeln, doch hörte man keinen Laut.

»Wir müssen ihn hinaufbringen, Keith.«

»Ja, Sir. Wo soll ich anfassen?«

»Ich weiß nicht, was mit seinem Fuß los ist. Sehen Sie da. Vielleicht nur eine Verstauchung, vielleicht aber auch ein Bruch. Jedenfalls müssen wir ihn mit großer Vorsicht transportieren. Haben wir droben so etwas wie eine Tragbahre?«

»Ja, Sir, Mr. Jones hat selbst für solche Dinge gesorgt. Goonhilly verfügt über eine komplette Erste-Hilfe-Station.«

Der Lord lächelte flüchtig. *Typisch Rob*, dachte er. Und sagte zu Keith Barron: »Holen Sie die Tragbahre. Aber sprechen Sie mit keinem Menschen über das, was geschehen ist. Wir bringen Rob auf einem sicheren Weg in sein Zimmer.«

Das geschah. Schon bevor Keith Barron zurückgekommen war, hatte der Lord sich den Fuß näher angesehen und war zu dem Ergebnis gekommen, dass es sich glücklicherweise nicht um einen Bruch handelte. Er fühlte sich auch durchaus in der Lage, alles Nötige zu tun. Hierüber dachte er auf dem Weg nach oben nach. Wahrscheinlich war es besser, keinen Arzt zu rufen. Er kannte die Gegner nicht, wusste nicht, wo sie lauerten, was sie überwachten. Vielleicht hielten sie Rob Jones für tot.

Rob Jones hatte außer der relativ harmlosen Verstauchung einen Schock erlitten. Als der Lord das feststellte, überlief es ihn abwechselnd heiß und kalt. War es voreilig gewesen, keinen Arzt beizuziehen? Hatte er einen irreparablen Fehler begangen? – Er überdachte seine Entscheidung und war schon im Begriff, das Versäumnis zu beheben, als Rob Jones die Augen aufschlug. Für wenige Momente war er völlig klar. Er bedankte sich, als sei nichts anderes wichtig. An dem Blick, den sie tauschten, erkannte der Lord, dass der breitschultrige Glatzkopf, der sein engster Vertrauter war, nicht mehr in Lebensgefahr schwebte. Sein stabiler Organismus würde die Folgen des Schocks verdauen. Immerhin dauerte es drei Tage, bis Rob Jones sich so weit erholt hatte, dass er das Wenige berichten konnte, was er über das Ungeheuer wusste.

»Das Biest gibt es wirklich, Sir«, sagte er schwach. »Es hat das Boot so hart erwischt, dass ich im hohen Bogen rausgeflogen bin. Schätze, das hat mir das Leben gerettet. Bin an dem Vieh entlanggeschrammt. Schuppen – groß wie Suppenteller.«

Der Lord nickte. Er schob den linken Ärmel der Pyjamajacke hoch und lenkte Rob Jones' Blick auf die Hautabschürfungen.

»So sieht Ihre ganze Seite aus bis hinab zum Fuß. Ihr Overall war total aufgerissen.«

Rob Jones versuchte sich an einem Grinsen, aber es wirkte noch ziemlich kraftlos.

»Instinktiv hab ich mich sinken lassen. Nein, ich glaube, ich habe sogar versucht, so rasch wie möglich zu tauchen. Wusste nicht, in welcher Richtung ich schwimmen musste. War alles durcheinander, Sir. Aber wie es scheint, habe ich die richtige Richtung erwischt. Wo haben Sie mich gefunden?«

»Sie müssen es bis kurz vor den Strand mit eigener Kraft geschafft haben, Rob. Ich sah, wie Sie angetrieben wurden.«

»Sie waren da, Sir.« Echte Dankbarkeit schwang in dieser Feststellung mit.

»Keith Barron hat mir geholfen, Sie zu bergen. Außer ihm weiß niemand von dem Abenteuer. Ich hielt es auch für besser, keinen Arzt zu holen. Auch nicht Dr. Morton«

»Sie haben mich prima versorgt, Sir.«

»Das Boot?«

»Das ist bestimmt hin. Sir.«

»Ja, ein paar kleine Trümmer sind mittlerweile angeschwemmt worden.«

»Und das Mistvieh, das mich frühstücken wollte?«

»Keine Spur von ihm, Rob.«

»Aber es existiert, Sir! Ich schwöre Ihnen, es existiert!«

Der Lord zweifelte nicht daran. Das hatte er auch vor Rob Jones' Unfall nicht getan.

*

Keith Barron brachte Rob Jones das Frühstück. Er war freundlich wie selten.

Dazu trug jedoch gewiss auch die Tatsache bei, dass Rob Jones hilflos im Bett lag und sich von ihm bedienen lassen musste. Aber niemand konnte dem Butler unlautere Motive unterstellen. Es war nur natürlich, dass ihm diese ungewohnte Rolle gefiel.

»Danke, Keith«, sagte Rob Jones. »Auch für alles andere. Ich höre, Sie haben mich mit aus dem Wasser gezogen.«

»Mehr konnten wir leider nicht tun«, entgegnete Keith Barron und fühlte sich als Kämpfer. »Der Feind hat sich ja nicht blicken lassen. Wir hätten ihm den Leib voll Blei gepumpt, darauf können Sie sich verlassen, Rob.«

Der Patient nickte und biss mit gutem Appetit in den frischen Toast. Offenbar war er wirklich auf dem Weg der Besserung. So gut hatte es ihm lange nicht geschmeckt.

»Wo ist der Lord?«

»Verreist«, sagte Keith Barron, der sich den Anschein gab, Rob Jones nicht anzusehen. In Wahrheit beobachtete er ihn aus den Augenwinkeln und weidete sich am Gesicht des anderen, das zunächst Verblüffung, dann jedoch Ärger und Angst zeigte.

»Verreist? Wohin?«

»Darüber bin ich nicht informiert«, sagte der Butler mit einem Gesicht und einem Stimmfall, der das Gegenteil suggerieren sollte.

Aber Rob Jones glaubte ihm trotzdem. Er war sogar sicher, dass der Lord dem Butler nichts über sein Ziel verraten hatte.

»Womit ist er unterwegs, Keith?«

»Mit dem Austin.«

»Und er fährt selbst?«

»Allerdings.«

»Keith, hören Sie zu! Sie müssen mir alles sagen, was Sie über diese Reise wissen!« Rob Jones sprach eindringlich. Er fasste nach dem Arm des Butlers, der immer noch neben seinem Bett stand.

»So?«, fragte Keith Barron gedehnt. »Muss ich das?«

»Vergessen Sie die alten Geschichten. Ich weiß, dass ich nicht immer besonders freundlich zu Ihnen war. Aber wir verstehen uns trotzdem, oder?«

Keith Barron setzte sein hochmütigstes Gesicht auf. *Nur keine Anbiederungsversuche, Freundchen!,* dachte er, während sein Herz gleichzeitig vor Genugtuung höher schlug.

»Verstehen Sie eigentlich, in welcher Gefahr der Lord schwebt?«

»Nun, er ist bestimmt kein schlechter Fahrer. Allerdings ist heutzutage jeder in Gefahr, der sich in den Verkehr begibt. Ich spreche vom heutigen Straßenverkehr.«

»Nein, er versteht mich nicht«, murmelte Rob Jones und verzog das Gesicht. Dann startete er einen weiteren Versuch: »Hören Sie, Keith, ich kann Ihnen das jetzt nicht bis in alle Einzelheiten erklären. Ich weiß selbst nur einen kleinen Teil.«

»Wovon?«, fragte der Butler ungerührt.

»Von dem, was den Lord beschäftigt. – Aber ich weiß verdammt gut, dass man ihm nach dem Leben trachtet. Keith, vor drei Tagen sollte ich das Opfer sein, und um ein Haar wäre ich es geworden.«

»Vor vier Tagen«, korrigierte der Butler.

»Heute trifft es vielleicht den Lord«, sagte Rob Jones, ohne sich beirren zu lassen. »Begreifen Sie das?«

»Warum nicht? Ich bin ja nicht auf den Kopf gefallen.«

»Also helfen Sie mir!?«

»Herzlich gern. Ich tue alles, was ich kann.«

Rob Jones seufzte vernehmlich.

»Warum dann das ganze Theater?«, fragte er vorwurfsvoll, ließ dem Butler jedoch keine Zeit, zu antworten, sondern fuhr fort: »Was wissen Sie?«

»Worüber?«

»Über die Reise des Lords!«

»Nichts.«

»Das ist zum Verzweifeln«, sagte Rob Jones schwach.

»Aber ich weiß wirklich nichts!«, beteuerte Keith Barron. »Seine Lordschaft hat nur gesagt, dass es einige Tage dauern wird, bis seine Lordschaft zurückkehren. Außerdem lässt seine Lordschaft Sie grüßen und wünscht Ihnen gute Besserung.«

»Das ist alles, wie?«

»Ja, das ist alles. – Sie sollen sich keine Sorgen machen, hat seine Lordschaft noch gesagt.«

Der hat gut reden!, dachte Rob Jones in atypischer Respektlosigkeit. Laut sagte er: »Na gut, ich werde ihn schon finden. Ich glaube, ich weiß, wohin er unterwegs ist.«

»Wie meinen Sie das, Rob?«, erkundigte der Butler sich, während er langsam und wie zufällig vom Bett wegging.

»He?« Rob Jones war in Gedanken versunken. Keith Barron musste seine Frage wiederholen.

»Ich denke, ich nehme den Land Rover. Der Rolls wäre zu auffällig. Deshalb hat der Lord ja den Austin genommen.« Auch diesmal beantwortete er Barrons Frage nicht direkt.

»Sie nehmen den Land Rover, Rob? Aber wozu denn?«

»Dumme Frage. Um dem Lord zu folgen.«

»Tut mir leid«, sagte der Butler, schon in der Nähe der Tür. Auf seinem Gesicht lag ein glückseliges Lächeln. Er war auf einem der Höhepunkte seines Lebens.

»Das braucht Ihnen nicht leidzutun«, knurrte Rob Jones, der tatsächlich immer noch nicht begriff. In Gedanken war er nämlich schon unterwegs.

»Tut mir wirklich leid, Rob, aber ich halte mich strikt an meine Anweisungen.«

»Was tun Sie?«, fragte Jones und zum ersten Mal stieg ein finsterer Verdacht in ihm auf.

»Meine Anweisungen. Sie sind verbindlich, verstehen Sie? Seine Lordschaft haben mir aufgetragen, dafür zu sorgen, dass Sie sich erholen. Sie werden Schloss Goonhilly nicht verlassen, solange seine Lordschaft ...«

Er sprach nicht zu Ende. Mit einem Satz war Rob Jones aus dem Bett. Der Fuß schmerzte teuflisch, aber darauf achtete er nicht. So schnell es ging, humpelte er auf die Tür zu. Nicht schnell genug. Keith Barron hatte sie bereits von außen geschlossen. Das Knirschen des Schlüssels, der im Schloss gedreht wurde, klang in Rob Jones' Ohren ausgesprochen hässlich.

Einen Fluch zwischen den Zähnen zerbeißend humpelte er zu der zweiten Tür. Keith Barron musste sie schon vorher von der anderen Seite abgeschlossen haben. Blieb noch die Geheimtür, die auf den Verbindungsgang zu den Räumen des Lords führte.

Diesmal fluchte Rob Jones laut und ungeheuer ausgiebig. Die Geheimtür war auch verschlossen und das konnte nur der Lord selbst getan haben.

Er will also tatsächlich, dass ich hierbleibe, dachte Rob Jones. Er war bekümmert. Gewiss hatte der Lord nichts anderes als seine, Robs Gesundheit im Sinn gehabt. Aber wie sollte er sich hier erholen, wenn er wusste, dass der Lord in Gefahr schwebte und er ihm nicht zu Hilfe eilen konnte?

*

Mit dem unauffälligen Zweiliter-Austin war der Lord ohne große Umwege, aber auch ohne die Hauptstraßen zu benutzen, nach Brighton gefahren. Er zog es vor, sich hier einzumieten, obwohl Seaford dichter bei seinem Ziel lag. Brighton war groß, Brighton war voller Gäste, hier konnte er sich besser verstecken. Morton, sein anderes Ich, wollte er nicht informieren.

Obwohl auch Brighton angeblich bis zur letzten Badewanne ausgebucht war, bekam er ein komfortables Zimmer im Old Ship Hotel. Die guten Häuser hielten auch in solchen Zeiten immer einige Räume für VIP bereit. Obwohl das fabelhaft geschulte Personal ihn so unaufdringlich behandelte wie jeden Gast, bestand kein Zweifel, dass man ihn erkannt hatte. Das wäre ihm wohl auch in fast jedem anderen Hotel passiert. Er konnte nur hoffen, dass alle Angestellten die Diskretion wahrten, die ihnen vorgeschrieben war.

Nachdem er ausgiebig geschlafen hatte, machte der Lord am nächsten Vormittag einen Spaziergang in östlicher Richtung. Er folgte der Promenade bis zur Palace Pier und noch ein Stück weiter. Volk's Electric Railway brachte ihn langsam, aber sicher nach Black Rock. Natürlich wäre ein Taxi schneller gewesen. Aber die kleine Bahn mit den offenen Wagen, eine Attraktion für Touristen, bot den Vorteil, dass er sich in Ruhe mit etwaigen Verfolgern beschäftigen konnte.

Er entdeckte keine.

Mit ihm zusammen waren nur zwei Ehepaare mit insgesamt sieben Kindern eingestiegen. Auch die Leute, die unterwegs bei Peter Pan's Playground zustiegen, schienen unverdächtig. Auf der ganzen Länge des Wegs, den die Bahn nahm, verlief Madeira Drive parallel. Aber auch auf dieser Straße vermochte der Lord kein Fahrzeug zu entdecken, das langsamer als notwendig fuhr. Im Gegenteil, alle schienen es eilig zu haben und jagten an der possierlichen Eisenbahn vorbei.

Hinter dem Schwimmbad an Black Rock waren die Bauarbeiten an The Marina immer noch im Gange, aber den ersten Teil dieses riesigen modernen Yachthafens hatte man bereits im Vorjahr in Betrieb genommen. Hier lag Boot neben Boot, in allen Größen – bis hin zur hochseegängigen Yacht mit zwei Motoren und luxuriösen Salons.

Der Lord sah sich eine Weile um, ehe er einen Mann ansprach, der damit beschäftigt war, einem der Boote einen neuen Namen zu verpassen. Da er die Mentalität dieser Leute kannte und außerdem der Ansicht war, kein Recht zu haben, ihnen ihre Zeit zu stehlen, stellte er sich mit einer Fünfpfundnote vor. Ein paar Minuten später wusste er, was ihn interessierte. Er hatte sogar die Telefonnummer, um den Mann anzurufen, dem die *Armstrong* gehörte. Bevor er anrief, betrachtete er das Boot von außen. Es schien sich ausgezeichnet für seine Zwecke und seine Absichten zu eignen.

Mr. Anthony stellte nur wenige Fragen. Nachdem der Lord sie zu seiner Zufriedenheit beantwortet hatte, erbot er sich, sofort hinauszukommen und ihm die *Armstrong* zu übergeben. Der Lord lehnte dankend ab. Er schlug einen anderen Modus vor. Bei einem so großzügigen Mieter, der gar nicht erst zu handeln versucht hatte, war Mr. Anthony bereit, auf alle möglichen Sonderwünsche einzugehen.

Der Lord fuhr mit Volk's Electric Railway zurück bis zur Endstation. Er löste eine Eintrittskarte zur Palace Pier. Wie ein Mann, dem alle Zeit der Welt zur Verfügung steht, der absolut nichts zu versäumen hat, schlenderte er bis zum Teesalon. Unterwegs blieb er immer wieder stehen, um über das Gelände ins Wasser zu starren. So schien es. In Wahrheit beobachtete er das Kassenhäuschen und die Menschen, die links und rechts daran vorbeigingen.

Doch entdeckte er auch jetzt niemanden, der als Verfolger infrage kam. Er verließ sich hierbei weniger auf das Äußere als auf sein Gefühl (oder wie immer man das nennen wollte). Er achtete auch auf Frauen und selbst auf Halbwüchsige, aber bei keinem von ihnen vermochte er besonderes Interesse an seiner Person auszumachen.

Im Teesalon blieb er länger als eine halbe Stunde sitzen. Zwar war der Tee miserabel und das Gespräch am Nebentisch, das er unfreiwillig mithörte, entnervend, aber irgendwie musste er die Zeit totschlagen.

Langsam schlenderte er weiter auf die Spitze der Pier zu. Er passierte das Theater und die Vergnügungshalle, wo schon Dutzende beim Bingo saßen, vor allem ältere Frauen, und wo Knirpse, die so klein waren, dass sie sich gegenseitig hochheben mussten, um die Einwurfschlitze für ihre Penny zu erreichen, an den einarmigen Banditen spielten. Jetzt sah er die *Armstrong*. Mr. Anthony tat genau das, worum der Lord ihn am Telefon gebeten hatte. Er brachte sie zu einer Stelle am Fuß der Pier, die von oben nicht einzusehen war. Der Lord stieg über eine der schmalen Treppen hinab. Eine kurze Vorstellung, die Übergabe der vereinbarten Chartersumme und einige Hinweise für die Bedienung der *Armstrong*.

»Sie wollen sicher meinen Ausweis sehen«, sagte der Lord.

Mr. Anthony lehnte würdevoll ab. Er war ein schlanker Mann von etwa 60 Jahren, wahrscheinlich ein pensionierter Offizier. Mit steifer Noblesse sagte er: »Man weiß, wem man vertrauen kann, Sir. Sollten Sie irgendwelche Schwierigkeiten haben, können Sie mich jederzeit anrufen. Aber ich glaube nicht, dass das Boot Ihnen Schwierigkeiten machen wird.«

Bevor der Lord ablegte, zog er die Vorhänge an den seitlichen Luken zu. In der Frontscheibe brach sich die Sonne. Niemand konnte den Mann erkennen, der am Steuer der *Armstrong* stand.

Als er weit genug draußen war, nahm der Lord den Gashebel so weit zurück, dass das automatische Getriebe auskuppelte. Das Boot verlor rasch an Fahrt und dümpelte schließlich nur noch sacht auf den Wellen. Wie der Lord feststellte, war auf Mr. Anthony wirklich in jeder Beziehung Verlass. Der gewünschte Proviant war säuberlich in der Pantry verstaut, das Angelzeug lag bereit. Da der Lord im Old Ship Hotel hatte wissen lassen, er werde unter Umständen für ein oder zwei Nächte wegbleiben, stand seinem Vorhaben nichts mehr im Weg.

Den Rest dieses Tages, die Nacht und den folgenden Tag verbrachte der Lord im Boot. Die *Armstrong* schipperte vor der Südküste entlang, zwischen Brighton im Westen und fast bis nach Hostings im Osten. Der Mann an Bord, unauffällig gekleidet, tat nichts Aufsehenerregendes. Er fischte. Er lag auf dem Sonnendeck, wenn das Wetter es zuließ. Nicht ein einziges Mal benutzte er ein Fernglas oder etwas Ähnliches.

Er erkannte einige andere Boote, deren Benutzer sich für ihn interessierten, aber er geriet nicht in Gefahr. Einmal kam eine schöne neue Yacht längsseits. Ein knebelbärtiger Mann stand an Deck. Er grüßte und sagte: »Mr. Anthonys Boot, wie?«

»Ja.«

»Gechartert?«

»So ist es.«

Mit der Auskunft offenbar zufrieden nickte der Knebelbärtige, grüßte abermals, ging zum Ruder hinüber und brauste mit seiner Yacht davon; später erfuhr der Lord von Mr. Anthony, dass sein Bekannter sich am Abend des gleichen Tages erkundigt hatte, ob alles seine Richtigkeit habe.

Zum zweiten Mal, seit der Lord an Bord der *Armstrong* war, wurde es Nacht. War das Unternehmen ein Erfolg? – Der Lord hatte verschiedene Informationen eingesammelt. Zumindest einem Hinweis wollte er nachgehen, davon versprach er sich etwas. In den Abendstunden hatte er mit dem Gedanken gespielt, den Aufenthalt auf dem Wasser abzubrechen (nicht zuletzt Rob Jones' wegen, dessen nervlichen Zustand er sich gut vorstellen konnte).

Aber etwas hielt ihn hier. Er sollte kurz nach Mitternacht erkennen, was es war.

Obwohl er mehrere Meilen von Beachy Head entfernt war, *sah* er deutlich, was dort vor sich ging. Aller vergeblichen Spurensuche zum Trotz wurde dort etwas versteckt gehalten. Der Fels schien sich zu öffnen, und herausrollen sah der Lord ein niedriges Gefährt auf vielen Rollen mit breitem Querschnitt, die kaum in den Sand einsanken. Das sonderbare Fahrzeug mochte dreißig Yards in der Länge und sieben bis acht in der Breite messen. Wie es angetrieben wurde, vermochte er nicht zu erkennen, das war auch nebensachlich. Wahrscheinlich sorgten mehrere Elektromotoren für den Antrieb, was die Geräuschlosigkeit erklärte. Sie mochten in einigen der Rollen montiert sein.

Der sonderbare Tieflader trug schwere Fracht. Ein riesiger Fleischberg lag darauf. Eine Masse, die der Lord auch bei größter Konzentration nicht zu identifizieren vermochte. Natürlich gab es eine sehr naheliegende Vermutung. Er gab ihr jedoch noch nicht nach, weil er es für möglich hielt, dass er sich von der Wahrscheinlichkeit täuschen lassen könnte. In dieser Nacht aber wollte er wenigstens in diesem Punkt Gewissheit haben. Er brauchte etwas, das völlig sicher war in dem Gewirr aus Vermutungen und Möglichkeiten.

Das Fahrzeug mit seiner ungeheuren Last bewegte sich langsam auf die Wasserlinie zu. Der Lord erkannte, dass hier Menschenhand nachgeholfen haben musste. So geschickt jedoch, dass die Polizei – zu Wasser und zu Lande – nicht darauf gestoßen war. Jedenfalls gab es einen Weg für das gewaltige Fahrzeug, auf dem es ohne Hindernis durch die Brandung rollen konnte, ferngesteuert offenbar, denn nirgends vermochte der Lord einen Menschen zu erkennen.

Die Brandungswellen schlugen über dem Tieflader und seiner Last zusammen. Zunächst blieb alles ruhig. Länger als eine halbe Stunde erkannte der Lord nichts Neues. Schließlich arbeitete das Fahrzeug sich – diesmal leer und mit etwas größerer Geschwindigkeit, die jedoch immer noch unter der eines Fußgängers lag – durch die Brandung zurück auf den Strand unter den Klippen und war einige Minuten später im Fels verschwunden.

Spurlos?

Während der Lord sich noch mit dieser Frage beschäftigte, *sah* er zum ersten Mal Menschen. Sie schienen ebenso aus der Felswand aufzutauchen wie zuvor das seltsame Gefährt, und ihre Aufgabe war es zweifelsfrei, die Eindrücke der Rollen mit dem breiten Querschnitt und alle anderen Spuren des Transports der undefinierten Masse zu beseitigen.

Obwohl das nicht in seiner Absicht gelegen hatte, startete der Lord den Motor der *Armstrong*, ließ ihn zwei, drei Minuten warmlaufen und steuerte dann mit aller Kraft den Hafen von Eastbourne an. Denn jetzt spürte er die Gefahr, und als er sich umdrehte, sah er sie: Das Wasser des Kanals wurde aufgewühlt wie von einer unterirdischen Explosion. Zwanzig, dreißig Yards hoch schäumte das Wasser, riesige Wellen liefen nach allen Seiten. Etwas erhob sich in die Luft und klatschte schwer in die bewegte See zurück.

Der Fleischberg. Die tote Masse war zum Leben erwacht.

Ich wäre ihr Opfer geworden, dachte der Lord und ihn schauderte.

Im Hafen von Eastbourne, den er kurz darauf erreichte, war er sicher. Am nächsten Morgen telefonierte er mit Schloss Goonhilly und kündigte dem sehr erleichterten Rob Jones seine Rückkehr an.

Dann brachte er die *Armstrong* nach Brighton zurück und holte sein Gepäck aus dem Old Ship Hotel.

*

Nichts, was ihm während seines Ausflugs begegnet war, erwähnte der Lord, als er wieder in Cornwall war. Rob Jones verbarg seine Neugier nicht, doch wusste er, dass es falsch gewesen wäre, Fragen zu stellen. Er war ja auch zuallererst und hauptsächlich froh, dass der Lord unversehrt zurückgekehrt war. Alles andere würde er erfahren, wenn es an der Zeit war. Bis jetzt hatte der Lord ihn noch jedes Mal informiert.

»Wie fühlen Sie sich, Rob? Stark genug für eine Fahrt über Land?«

»Ich bin wieder völlig intakt, Sir«, versicherte Rob Jones. »Ich habe fast vergessen, was mir da drunten in Mount's Bay zugestoßen ist.«

»Das sollten Sie nicht. – Aber ich freue mich, dass es Ihnen gut geht. Kennen Sie Prof. Coxmann, Rob?«

»Nie gehört, Sir. – Müsste ich ihn denn kennen?«

»In der Fachwelt hat er einen guten Namen. Aber er gehört zu der Spezies publicityscheuer Wissenschaftler, die allmählich ausstirbt. Chemiker ist er und Biologe. Er leitet ein Institut in Sussex. Unseren Besuch wird er vermutlich als Störung empfinden, aber wir werden trotzdem hinfahren.«

»Sussex, Sir?«, fragte Rob Jones gedehnt.

»Oh, ziehen Sie keine voreiligen Schlüsse, Rob! Ich will mich nur mit Prof. Coxmann unterhalten, weil mir sehr viel an seiner Meinung liegt.«

»Und Sie verdächtigen ihn nicht?«

»Nein«, sagte der Lord knapp.

Sie fuhren am nächsten Morgen. Der Lord hatte mit dem Institut des Professors telefoniert, das bei Hailsham lag, also nur wenige Meilen von Beachy Head entfernt. Unterwegs erzählte er Rob Jones, dass Prof. Coxmann sich bereiterklärt hatte, ihn zu empfangen.

»Wäre ein überraschender Besuch nicht sinnvoller gewesen, Sir?«

»Rob! – Und die Höflichkeit?«

Rob Jones wurde nicht schlau aus der Geschichte. Einerseits war er überzeugt, dass der Lord den Professor nicht nur über seine Meinung befragen wollte. Es musste einen konkreten Anlass für diesen Besuch geben, einen ganz handfesten. Andererseits gab der Lord Mr. Coxmann Gelegenheit, sich gründlich auf sein Kommen vorzubereiten. Weshalb? Warum?

Der Lord und sein Begleiter wurden mit höflicher Zurückhaltung begrüßt. Der Professor entschuldigte sich dafür, dass er seine Gäste mit einigen Minuten Verspätung empfing. Der Lord winkte ab.

»Sie interessieren sich also für die Arbeit meines Instituts? – Nun, das wundert mich nicht, Sir Edward. Viele Menschen möchten gern genau wissen, was ich hier treibe. Sie möchten das ausschlachten, Sensationen daraus machen. Deshalb halte ich mir Zeitungsleute nach Möglichkeit vom Halse. In Wahrheit ist nämlich nichts Sensationelles daran.«

»Darüber kann man sicher geteilter Meinung sein«, sagte der Lord.

»Tatsächlich sind künstliche Mutationen im Tierreich doch eine sehr spektakuläre Sache. Und Sie sind damit weiter gekommen als irgendeiner Ihrer Kollegen in Ost und West.«

»Oh, sagen Sie das nicht«, meinte Prof. Coxmann und wehrte bescheiden ab. Rob Jones, der sich ein wenig im Hintergrund hielt, beobachtete ihn intensiv und fragte sich, ob die Bescheidenheit echt war.

»Können Sie mir etwas über den Zweck Ihrer Forschungen sagen, Professor?«, fragte der Lord.

»Über den Zweck? – Fortschritt der Wissenschaft, falls das nicht zu hochgestochen klingt. Natürlich erfüllen wir hier im Institut nebenbei auch ganz praktische Aufgaben. Aber das ist nur Alibi und Abfallprodukt.«

»Alibi?«

Coxmann zuckte die Schultern und lächelte schmerzlich.

»Der Staat, der uns finanziert, will Ergebnisse sehen. Forschung um ihrer selbst willen ist heute nicht gefragt, Sir Edward. Dafür stellt man keine Mittel zur Verfügung. Aber wir brauchen Geld. Wir brauchen viel Geld. In London hält man mich für unersättlich. Wäre ich zarter besaitet, hätte ich vielleicht längst aufgegeben, denn manche Bürokraten scheuen nicht davor zurück, mir eigennützige Motive zu unterstellen.« Er machte eine Pause, bevor er fortfuhr: »Aber was brauche ich denn? Meine Ansprüche sind bescheiden. Ich komme mit dem Verdienst eines Arbeiters aus. Jedes Pfund, das ich bekommen kann, egal woher, wird in die Forschungen gesteckt.«

Egal, woher, dachte Rob Jones. *Ob dem Lord diese Formulierung auch aufgefallen war? Gab sie ihm Anlass zum Nachdenken? Ließ der Professor sich missbrauchen, um zusätzliche Mittel für sein Institut zu erhalten? Waren unter den Ergebnissen, die er als Abfallprodukt bezeichnet hatte, auch solche, die ein Verbrechen ermöglichten?*

Er hatte Teile der Unterhaltung zwischen dem Lord und Prof. Coxmann versäumt, so vertieft war er in seine Überlegungen gewesen. Jetzt hörte er Coxmann sagen: »Für gewöhnlich ist alles, was hinter dieser Tür liegt, für Außenstehende tabu.«

»Angst vor Spionage, Professor?«

»Weniger. Ich erwähnte die Sensationslust vorhin schon.«

»Die Sie mir auch unterstellen?«, fragte der Lord ruhig.

Coxmann sah ihn lange an; unter anderen Umständen wäre das unhöflich gewesen. Jetzt und hier empfand es keiner der Anwesenden so.

»Ich habe viel von Ihnen gehört, Sir Edward«, murmelte der Professor. »Natürlich. Sie stehen ja immer wieder im Blickpunkt des Interesses. Das kann nicht einmal mir hier in meiner Abgeschiedenheit verborgen bleiben. Aber ich glaube nicht, dass Sie etwas dazu tun. Meiner Meinung nach empfinden Sie das Interesse, das die Öffentlichkeit Ihnen entgegenbringt, eher als störend.«

Der Lord beantwortete die Feststellung mit einer kaum sichtbaren Verbeugung.

»Deshalb will ich eine Ausnahme machen«, fuhr Coxmann fort. »Ich glaube, Sie wissen selbst sehr gut, was man tun darf und was man vermeiden muss.«

Der Satz ging Rob Jones nicht mehr aus dem Sinn. Obwohl der Professor ihm – womit er kaum gerechnet hatte – stillschweigend erlaubte, an der Besichtigung teilzunehmen, konnte er sich nicht völlig auf das konzentrieren, was man ihnen zeigte und erklärte.

Was hatte Prof. Coxmann mit dem letzten Satz sagen wollen? War das nur so dahingeredet – oder eine vorsichtige formulierte Drohung?

Sie kamen in einen Raum, in dem hinter Glas ganze Kolonien von Fliegen zu sehen waren.

»Stubenfliegen«, sagte Coxmann. »Die Musca domestica ist für uns ein sehr interessantes Versuchsobjekt.«

»Ich habe noch nie so riesige Fliegen gesehen«, murmelte Rob Jones. »Liegt das am Glas, Professor? Hat es einen Vergrößerungseffekt?«

Coxmann starrte ihn über den Rand seiner Brille hinweg an, als nähme er jetzt zum ersten Mal Notiz von seiner Existenz.

»Nein«, sagte er schließlich. »Sie sind so groß, wie Sie sie sehen. Das habe ich doch vorhin erklärt. Tut mir leid, wenn ich nicht verständlich genug war.«

Rob Jones senkte den Blick. Stumm bat er um Entschuldigung. Nicht, dass es ihm etwas ausgemacht hätte, für einen Trottel gehalten zu werden (wenn er auch nur unaufmerksam gewesen war, weil ihm etwas anderes durch den Kopf ging). Ihm tat der Gedanke weh, jemand könne annehmen, dass der Lord einen Trottel in seiner Nähe duldete.

»Fliegen-Riesen«, sagte der Lord, scheinbar eher amüsiert als beeindruckt. »Sagen Sie, Professor, sind Mutationen mit derartigen Ergebnissen auch bei anderen Tieren möglich?«

»Im Prinzip ja, aber wir beschäftigen uns nicht damit. Noch nicht. Doch es liegt im Bereich des Möglichen. Vielleicht starten wir im nächsten Jahr eine Versuchsreihe mit Ratten.«

Sie sahen auf dem weiteren Rundgang noch viel Verblüffendes. Rob Jones konnte verstehen, dass jeder Sensationsreporter allerhand drum gegeben hätte, sich hier umsehen zu können. Außerdem wunderte er sich über die Zurückhaltung des Lords. Er ließ Prof. Coxmann erklären, ohne mehr als zwei-, dreimal eine Zwischenfrage zu stellen. Erst als der Rundgang nahezu beendet war, fragte er (und das scheinbar nebenbei): »Sie beschäftigen sich auch mit Kreuzungen zwischen verschiedenen Tierarten, Professor? Und mit Manipulationen am Gehirn?«

Coxmann sah ihn schweigend an. Er wirkte verschlossen.

»Nein«, sagte er dann knapp. »Wer hat Ihnen so etwas erzählt?«

»Haben Sie nicht einmal eine Arbeit im Britisch Chemical Report veröffentlicht, in der Sie die Theorie aufstellten?«

»Ach, das meinen Sie. Das war vor mehr als 30 Jahren. Eine Jugendsünde.« Prof. Coxmann lächelte versonnen, wurde wieder ernst und verschlossener als zuvor. »Ich habe die Forschungen in dieser Richtung damals bald wieder aufgegeben.«

»Warum?«, fragte der Lord hartnäckig.

»Ich glaube, es würde zu weit führen …« Prof. Coxmann schwankte, ob er auch nur noch ein Wort sagen sollte, fügte aber doch noch hinzu: »Das war schwankender Boden, verstehen Sie? Ich … fühlte mich dabei nicht wohl.«

*

Von Hailsham aus fuhren der Lord und Rob Jones nicht zurück nach Schloss Goonhilly, sondern nach London hinauf, wo der Lord eine Stadtwohnung an Chelsea Square besaß. Unterwegs war der Lord nicht sehr gesprächig gewesen und Rob Jones hatte ihn nicht gedrängt. Aber als sie in dem Penthouse angekommen waren, mochte er sich die Frage nicht länger verkneifen: »Ist dieser Prof. Coxmann koscher, Sir?«

Der Lord schien sich über Mr. Jones' Ausdrucksweise zu amüsieren. Ein Lächeln glitt flüchtig über sein Gesicht.

»Wofür halten Sie Coxmann, Rob? Für einen Verbrecher?«

»Das möchte ich nicht sagen, Sir.«

»So, wie Ihre Stimme klingt, verdächtigen Sie ihn aber recht massiv.«

»Nun ja, die Stubenfliegen, teilweise groß wie ein Handteller ... Wenn eine Musca domestica diese Größe erreicht – wie groß könnte dann beispielsweise ein Alligator werden?«

»Glauben Sie, es war ein Alligator, der Sie angegriffen hat?«

Rob Jones zuckte die Schultern.

»Sie haben nach Kreuzungen verschiedener Tierarten gefragt, Sir. Und nach Gehirnmanipulationen.«

»Und Sie haben Prof. Coxmanns Antwort gehört, Rob.«

»Allerdings. Er würde kaum zugeben ...«

»Sollen wir mit Mr. Maugham darüber sprechen?«, unterbrach der Lord Rob Jones' heftige Erwiderung.

»Ist das Ihr Ernst, Sir? Jetzt schon? Wenn Sie mich fragen: Ich bin sehr dafür. Ich dachte nur ...«

»Was, Rob?«

»Dass Sie damit noch warten wollten. Ich hatte den Eindruck, Sie seien noch ... Wie soll ich es ausdrücken?«

»Noch unterwegs«, schlug der Lord vor.

»Genau, Sir!«

»Das bin ich auch, Rob. Aber Mr. Maughams logischer, an der Praxis geschulter Verstand könnte uns eine Hilfe sein, meinen Sie nicht?«

»Und wir können uns auf ihn verlassen«, fügte Rob Jones nickend hinzu. »Er würde nicht gegen Ihre Wünsche handeln.«

»Wenn er nicht das Gefühl hätte, durch seinen Beruf dazu verpflichtet zu sein«, schränkte der Lord lächelnd ein.

Chefinspektor Maugham kam am Abend des gleichen Tages in die Wohnung an Chelsea Square. Länger als eine halbe Stunde verlief die Unterhaltung in allgemeinen Bahnen. Weshalb der Lord um Maughams Besuch gebeten hatte, war noch mit keinem Wort erwähnt worden.

»Sind Sie auch dienstlich mit den rätselhaften Vorgängen an der Südküste befasst, Mr. Maugham?«, fragte der Lord beiläufig.

»Das ist es also!«, sagte Maugham lächelnd. »Der Spuk von Beachy Head. Also, Sir Edward. Fast hätte ich darauf geschworen! Ehrlich gesagt, ich begann mich bereits zu wundern, dass Sie sich für die Geschichte nicht interessierten.«

»So etwas habe ich auch von Mr. Jones zu hören bekommen. Mr. Maugham, ich denke, ich muss weiter ausholen.«

Der Lord berichtete so ausführlich, dass selbst Rob Jones noch allerhand ihm bisher Unbekanntes erfuhr. Allerdings sparte der Lord auch einige wesentliche Details aus. So berichtete er nicht über die doch sehr wesentlichen Entdeckungen, die er an Bord der Armstrong gemacht hatte. Hierfür schien ihm die Zeit noch nicht reif.

»Sie wären also um ein Haar Opfer dieses Ungeheuers geworden. Rob«, sagte der Chefinspektor und sah Mr. Jones betroffen an. »Warum haben Sie mich nicht sofort verständigt, Sir Edward?«

Der Lord beantwortete die Frage nicht und Maugham begriff, dass es falsch gewesen war, sie zu stellen. Seine Verlegenheit überwand er durch ein Räuspern und den Griff nach seinem Glas.

Der Lord setzte seinen Bericht fort. Nach längerem Schweigen sagte Chefinspektor Maugham: »Professor Coxmann – ihn sollten wir uns vornehmen. Ich glaube, da sind wir auf der richtigen Spur.«

»Mich wundert, dass Sie nicht selbst auf ihn gestoßen sind. Mr. Maugham.«

»Ehrlich gesagt, Sir Edward, bis zu diesem Abend habe ich nicht an die Existenz des Ungeheuers geglaubt. Ich hielt das eher für ein Ablenkungsmanöver.«

»Rob dachte ähnlich.«

»Und jetzt bin ich wie Sie, Walter, der Meinung, dass Prof. Coxmann etwas zu verbergen hat«, meinte Rob Jones. »Wenn man sein Institut da drunten in Hailsham gründlich durchsuchte, würde man bestimmt eine ganze Menge interessanter Details finden. Vielleicht wäre der Fall damit schon so gut wie gelöst.«

»Ich glaube, ich könnte einen Durchsuchungsbefehl bekommen«, sagte der Chefinspektor nachdenklich. »Wenn ich mit Beecher, dem Untersuchungsrichter spreche. Er schuldet mir noch einen Gefallen. Es ist zwar ein Risiko für ihn, denn Coxmann ist ein Mann mit Beziehungen, aber ich denke, Beecher tut es trotzdem.«

»Stopp!«, sagte der Lord. »Das geht mir zu schnell. Vielleicht bin ich selbst schuld daran. Ich habe die Akzente in meinem Bericht wohl nicht ganz richtig gesetzt. Deshalb möchte ich jetzt klarstellen, Mr. Maugham. Ich halte es für völlig falsch und vor allem für unbegründet, momentan gegen Prof. Coxmann vorzugehen, in welcher Form auch immer. Die Durchsuchung seines Instituts – sie wäre eine Katastrophe.«

»Warum, Sir Edward?«

»Ja, das möchte ich auch wissen, Sir.«

Der Lord schüttelte nur den Kopf. Er war nicht zu bewegen, seine Ansicht zu begründen. Als Chefinspektor Maugham sich verabschiedete, murmelte er: »Ich handle gegen meine Überzeugung, Sir Edward. Aber ich werde stillhalten. Vorläufig.«

Maugham kehrte schon am nächsten Vormittag nach Chelsea Square zurück. Er war aufgeregt, seine Wangenknochen zeigten hektische Röte.

»Das steht noch nicht in den Zeitungen, Sir Edward«, sagte er und legte ein Fernschreiben auf den Tisch. »Es kam vor einer Stunde aus Abersoch, Wales.«

Der Lord und Rob Jones beugten sich über das Schriftstück. In holprigem Englisch, wie es ein Kleinstadt-Polizist schreiben mochte, wurde von rätselhaften Vorkommnissen bei Porth Neigwl oder, wie die Engländer es nannten, Hell's Mouth berichtet, Touristen waren verschwunden. Sie hatten nachts bei schönem Wetter Strandspaziergänge gemacht. Man hatte Schreie gehört und ein furchteinflößendes Schmatzen und am nächsten Tag nach Spuren gesucht. Vergeblich.

Der Lord legte den Kopf zurück. Er rechnete.

»Beachtliche Geschwindigkeit«, meinte er dann. »Wirklich sehr beachtlich.«

»Wovon reden Sie, Sir Edward?«, fragte der Chefinspektor nervös.

»Hell's Mouth«, sagte der Lord, anstatt zu antworten. »Wie kommen wir am schnellsten dorthin?«

»Mit dem Flugzeug bis Chester«, schlug Maugham vor. »Oder mit einem Hubschrauber, der direkt …«

»Zu auffällig«, lehnte der Lord kopfschüttelnd ab. »Aber das Flugzeug bis Chester nehmen wir, Rob. – Kommen Sie mit, Chefinspektor?«

»Leider, ich habe heute bis tief in die Nacht hier in London zu tun, Sir Edward. Wir bleiben in Verbindung. Vielleicht komme ich nach.«

»Sie haben doch nicht mit Prof. Coxmann zu tun?«, fragte der Lord.

»Nein, Sir. Im Augenblick noch nicht.«

*

Es war nicht einfach, den Flug nach Chester zu organisieren. Planmäßige Flüge von London aus gab es nur zwei pro Woche, den nächsten in drei Tagen. Natürlich standen eine Menge Chartermaschinen zur Auswahl, aber Rob Jones war übervorsichtig. Er hatte eine natürliche Abneigung gegen das Fliegen, vor allem, wenn er Maschine und Pilot nicht genau kannte. Das Leben des Lords (und sein eigenes) einem völlig Fremden anzuvertrauen, noch dazu in der gegenwärtigen Situation, in der dem Lord nach eigener Ansicht Gefahr drohte, bereitete ihm psychische Qualen.

Schließlich entschied er sich für eine zuverlässige Propellermaschine, nicht mehr brandneu, aber gutmütig. Er hatte noch nie gehört, dass ein Modell dieses Typs vom Himmel gefallen wäre. Mit dem Piloten hatte er eine längere Unterredung, er prüfte ihn sozusagen auf Herz und Nieren und gab ihm schließlich die notwendigen Anweisungen. Als er mit dem Lord zusammentraf, fragte er trotzdem: »Was haben Sie für ein Gefühl, Sir?«

»Sprechen Sie von Hell's Mouth?«

»Ich dachte, Sie wissen, was ich meine.«

»Die Reise? Oh, die geht sicher glatt. Ich sehe keine Wolken am Himmel.« Hierbei lächelte er. Der Himmel war so dicht mit Wolken bedeckt, dass Rob Jones schon bezweifelt hatte, ob man innerhalb der nächsten Stunde überhaupt würde starten können.

Man konnte. Der Flug war für Rob Jones eine einzige Qual. Die Maschine schien von einem Luftloch ins nächste zu plumpsen und die stoische Ruhe des erfahrenen Piloten machte Mr. Jones noch nervöser, als er schon war.

Schließlich landeten sie ohne jeden Zwischenfall in Chester. Rob Jones mietete einen Jaguar. Er kutschierte den Lord quer durch Denbigh und Caernarvon. In einem Kaff namens Penrhyndeudraeth aßen sie eine Kleinigkeit und von dort aus bestellte Rob auch Zimmer in Abersoch, da sie kaum vor Mitternacht ankommen würden.

Das kleine Hotel am Rand der Stadt machte einen guten Eindruck. Der Wirt selbst war aufgeblieben, um die späten Gäste zu empfangen. Er führte sie in den ersten Stock, wo sie zwei nebeneinanderliegende Zimmer bekamen. Als er gegangen war, kontrollierte Rob Jones die riesigen eingebauten Schränke und die Badezimmer.

»Wollen Sie nicht auch unter die Betten sehen?«, fragte der Lord mit einem Anflug liebevollen Spotts.

Rob Jones kam der Anregung nach.

»Sie machen sich Sorgen, Rob?«

»Sie nicht, Sir?«

»Doch«, gab der Lord zu. »In Wahrheit bin ich nicht halb so ruhig, wie ich mich gebe.«

»Glauben Sie, dass wir hier sicher sind?«

»Das hoffe ich, Rob. Legen Sie sich nur schlafen. So rasch wird man uns hier nicht aufstöbern.«

»Man, Sir?«

»Ich wüsste selbst gern, wer uns gegenübersteht.«

»Prof. Coxmann«, sagte Rob ruhig.

Der Lord schüttelte den Kopf. »Davon muss ich mich erst überzeugen. Vorläufig glaube ich es nicht.«

Die Nacht verlief ruhig. Morgens bekamen sie ein ausgezeichnetes Frühstück, das vor allem Rob Jones, der nicht nur ein großer, sondern auch ein wählerischer Esser war, halbwegs mit der Welt versöhnte. Etwas später fuhren sie mit dem gemieteten Jaguar hinüber nach Porth Neigwl.

»Höllenmaul«, sagte Rob Jones, während sie am Strand entlanggingen. »Von jetzt an trägt die Bucht ihren Namen wohl zu Recht.«

Hier hatte sich das Verschwinden der Touristen anders ausgewirkt als drunten an der Südküste. Obwohl das Wetter für walisische Verhältnisse schön war und der kühle Wind sich in Grenzen hielt, waren nur wenige Touristen am Strand. Man spürte die gedrückte Stimmung. Hier und da schnappte Rob Jones einige Gesprächsfetzen auf. Alle Unterhaltungen schienen sich um das Unerklärliche zu drehen, das in der Fantasie der Leute bereits ungeheure Dimensionen angenommen hatte.

Der Lord zog einen Strandwächter ins Gespräch. Der Mann berichtete bereitwillig, aber ohne Sensationsgier. Nein, in den beiden vergangenen Nächten war wieder alles ruhig gewesen. Er glaube auch nicht an die Geschichte von dem Seeungeheuer. Hierbei lächelte er und knüpfte eine Bemerkung an, die seine nicht sehr hohe Meinung von den Bewohnern der Südküste dokumentierte.

Wachen? – Ja, allerdings, die Polizei von Abersoch habe einige Beamte herübergeschickt, die den Strand nachts überwachten.

»Aber das ist ganz überflüssig«, meinte er. »Außer mir traut sich jetzt nachts doch niemand hierher.«

»Sie waren also letzte Nacht am Strand?«

»Und in der Nacht davor«, sagte der Mann kopfnickend.

Der Lord fragte später: »Was hat der Alte für einen Eindruck auf Sie gemacht, Rob?«

»Schien recht vernünftig. Aber mich wunderte, dass die Leute hier weniger abergläubisch sind als drunten bei Brighton. Hätte es eher umgekehrt erwartet.«

»Ich auch«, sagte der Lord. »Leider haben wir es aber nicht mit einem Aberglauben zu tun, Rob. Wird gut sein, das keinen Moment zu vergessen.«

Sie kehrten erst abends nach Abersoch zurück. Rob Jones hatte nicht das Gefühl, dass dieser Tag ein Erfolg gewesen war. Doch die Wertung musste er dem Lord überlassen. Er rief in London an, wo Chefinspektor Maugham seine Erleichterung nicht verbarg.

»Ich fürchtete schon, es sei etwas passiert. Haben Sie mich denn ganz vergessen, Rob?«

»Ja, Walter«, sagte Mr. Jones einigermaßen kleinlaut. »Entschuldigen Sie. Der Tag ist so ereignislos vergangen, dass ich die Existenz von ganz Scotland Yard vergessen habe.«

»Heißt das, ich brauche nicht zu kommen?«

»Ich sehe momentan wirklich keinen Grund.«

»Das ist gut«, sagte der Chefinspektor ehrlich. »Wissen Sie, Rob, ich habe hier so viel um die Ohren, und wenn ich Russell damit komme, dass der Lord ...«

»Schon verstanden«, sagte Rob Jones. »Ich melde mich, falls sich doch noch etwas ereignet.«

Mitten in der Nacht schreckte Rob Jones hoch. Steil aufgerichtet saß er im Bett und lauschte ins Dunkel. Ein unerklärliches Angstgefühl beschlich ihn, lähmte ihn fast. Nur mit Mühe zwang er sich, das Bett zu verlassen. Auf leisen Sohlen ging er zu der Wand hinüber, hinter der das Zimmer des Lords lag. Er hob die Hand, um zu klopfen, ließ sie aber wieder sinken.

Stattdessen schlich er zur Zimmertür und öffnete sie spaltbreit. Draußen im Flur brannte nur eine Notbeleuchtung am anderen Ende. Es war fast stockfinster. Rob Jones schlich weiter zur Tür des Zimmers, in dem der Lord schlief. Er beugte sich zum Schlüsselloch hinab, konnte jedoch nichts erkennen. Das altmodische Schloss zeigte nur, dass der Schlüssel von der anderen Seite steckte.

Hatte er sich getäuscht? Gab es das Geräusch nur in seiner Einbildung? Und die Angst – resultierte die aus der Überreizung seiner Nerven?

Rob Jones kehrte in sein Zimmer zurück. Er war so leise wie möglich. Anstatt sich wieder hinzulegen, ging er zum Fenster und zog den Vorhang behutsam zur Seite.

Um diese Zeit saß der Lord reglos in seinem Bett. Er hatte die Nachttischlampe angeknipst. Von seiner Stirn rollten Schweißtropfen. Wäre das nicht gewesen, man hätte glauben können, der Lord sei völlig entspannt.

Nichts an ihm bewegte sich, außer den Augen, die vorsichtig hin und her gingen und die Wege beobachteten, die die Ameisen zurücklegten.

Er hatte überschlägig zwei Dutzend der Tiere gezählt und wusste auch, wie sie hereingekommen waren. Das Fenster schloss nicht richtig. Vielleicht hatte man es erst an diesem Tag präpariert, während er drüben an Hell's Mouth gewesen war. Jedenfalls hatte es keine Schwierigkeiten gemacht, den unteren Teil hochzuschieben. So hoch, dass die Tiere hindurchschlüpfen konnten.

Sie waren ungefähr so groß wie junge Katzen und eigentlich sahen sie gar nicht zum Fürchten aus. Aber der Lord wusste, dass sie ihn töten würden, wenn sie eine

Gelegenheit dazu bekamen. Vielleicht hatten sie seine Witterung noch nicht aufgenommen. Vielleicht musste erst ein Signal von draußen kommen.

Und dann? Würden sie ihn zerfleischen? Oder genügte ihr Biss, ihn umzubringen?

Die zwei Dutzend Tierchen, die da auf dem Fußboden scheinbar ungeordnet durcheinanderliefen, nahmen ihm jede Möglichkeit, das Zimmer zu verlassen. Weder zur Tür noch zum Fenster konnte er gelangen. Signal von außen oder nicht – sobald er einen Fuß zwischen sie setzte, griffen sie ihn bestimmt an.

Ob sein Hilferuf, der stumme, Rob Jones erreicht hatte? Wenn ja, dann hatte Rob wohl auch die Warnung verstanden und kam nicht auf die Idee, an die Tür zu klopfen und zu rufen. Jemand war draußen auf dem Flur gewesen, aber der Lord hatte nicht ausmachen können, ob das Rob oder ein Fremder gewesen war.

Eine der Ameisen – der Lord konnte nicht ausmachen, um welche der mehr als 2000 bekannten Arten es sich handelte, nur waren es sicher keine normalen Waldameisen, denn die hatten seines Wissens keinen Giftstachel – eine der gewaltig vergrößerten Ameisen also richtete sich auf und begann, an der Kante des Bettes hochzuklettern.

Wie mochten die Tiere sich untereinander verständigen?

Auch das wusste der Lord nicht. Aber er war sicher, dass diese erste, sobald sie die Beute ausgemacht hatte, die anderen herbeiholen würde. Vielleicht war das die Ameise, die ein Signal von draußen bekommen hatte? – Seine Mörderin.

Rob Jones hatte sich so weit aus dem Fenster gebeugt, dass er den Lichtschimmer im Nebenzimmer erkennen konnte. Aber mehr: Er sah auch, dass das Fenster nicht ganz geschlossen war. Und dass jemand ein Hölzchen zwischen Fensterbank und Rahmen geschoben hatte, um den hochgeschobenen Flügel zu fixieren.

Der Lord schwebte in Gefahr. Vielleicht kam Hilfe schon zu spät. Aber sie kam. Rob Jones reagierte trotz aller Erregung mit der Zuverlässigkeit einer Maschine. Er steckte den schweren Colt-Revolver zu sich (der die rechte Hälfte der Pyjamajacke gewaltig nach unten zog), schwang sich auf sein Fensterbrett und angelte Sekunden später mit den nackten Füßen nach dem Sims, den er vorher entdeckt und als brauchbar eingestuft hatte. Für endlose Augenblicke schwebte er zwischen Himmel und Erde, ungewissen Halt unter den Füßen, den Oberkörper mit zur Seite gewandtem Gesicht fest gegen den rauen Außenputz gepresst. Obwohl jede Sekunde die entscheidende sein mochte, zwang er sich zur Vorsicht. Endlich erreichte er das Fenster vorm Zimmer des Lords.

Er überblickte die Szene mit einem Blick. Er sah auch die Ameise, die jetzt über die Bettdecke auf den Lord zukroch. Sie mochte noch einen halben Fuß vom Rand der Decke entfernt sein. Wenn sie den erreicht hatte und sich aufrichtete …

Mit einem Schwung schob Rob Jones das Fenster ganz nach oben und hockte im nächsten Moment rittlings auf der Fensterbank. Die Bewegung animierte die Tierchen zu erhöhter Aktivität. Wild liefen sie durcheinander. Rob Jones beugte sich nach rechts, um nicht außer der Ameise den Lord zu treffen. Bösartig bellte der Schuss durch die Nacht. Die Kugel fetzte das riesige Insekt vom Bett.

Unwillkürlich schloss der Lord die Augen, als etwas Warmes, Feuchtes sein Gesicht traf.

Das Magazin des Colt-Revolvers fasste sechs Kugeln. Mit jeder erwischte Rob Jones eins der Tiere, die er ekelhaft fand, die Abscheu und wilde Wut in ihm weckten. Mit Bedacht hatte er die ausgewählt, die dem Lord am nächsten waren. Verwirrung schien den Rest der unschuldigen Mörder zu befallen. Sie wussten nicht, wohin sie sich wenden sollten. Einige machten sich allerdings über die Reste ihrer Artgenossen her.

Rob Jones lauschte auf die Geräusche, die in plötzlicher Vielfalt aus allen Richtungen kamen. Nicht nur im Hotel war jeder aufgewacht, auch aus Nachbarhäusern liefen Menschen auf die Straße, um die Ursache für die Schüsse zu erkennen.

Der Lord hatte die Decke weggeschoben und war nach links aus dem Bett gesprungen. Dort gab es momentan keine einzige lebende Ameise. Während er sich noch nach einer geeigneten Waffe umsah, hatte Rob Jones schon gehandelt. Ein Hieb gegen die Wand ließ den Stuhl, den er mit beiden Händen gepackt hielt, in mehrere Teile zersplittern. Sie verständigten sich mit Blicken: Ein brauchbares Teil warf er dem Lord hinüber.

Systematisch erschlugen sie die Ameisen, von denen keine einzige versuchte, sich irgendwo zu verkriechen, die im Gegenteil, je länger das Gemetzel dauerte und je geringer ihre Zahl wurde, immer angriffslustiger schienen.

Von draußen hämmerte jemand gegen die Tür. Die Menge drunten auf der Straße war mittlerweile auf 40 bis 50 angewachsen.

»Geschafft«, sagte Rob Jones, sah sich im Zimmer um und schüttelte sich vor Ekel.

»Danke, Rob. Das war knapp«, sagte der Lord.

*

Chefinspektor Maugham hatte sein Versprechen so gehalten, wie er es nach seiner Meinung gegeben hatte. Prof. Coxmanns Institut war nicht durchsucht worden. Aber die Nachforschungen über den Professor und seine Mitarbeiter hatte Maugham sehr rege und mit System betrieben.

Als Rob Jones aus Wales anrief und einen knappen, inhaltsschweren Bericht über den Aufenthalt und seinen nächtlichen Höhepunkt gab, sagte Maugham: »Jetzt ist er dran.« Er meinte den Professor.

»Soll ich das weitergeben, Walter?«

»Ach, das können Sie halten, wie Sie wollen, Rob. Der Lord wird es ohnehin erfahren – falls er es in diesem Moment noch nicht weiß. – Sagen Sie, ist Ihnen vor den nächtlichen Ereignissen jemand aufgefallen? Hat sich dort in Abersoch irgendwer verdächtig gemacht?«

»In Abersoch nicht, Walter. Aber am Strand drüben in Porth Neigwl war gestern ein Wächter überzählig.«

»Wie soll ich das verstehen?«

Rob Jones erzählte von der Begegnung und der Unterhaltung, die sie mit dem Mann gehabt hatten.

»Heute ist er verschwunden, und niemand dort kennt einen Strandwächter, auf den die Beschreibung passt.«

»Haben Sie das herausgefunden, Rob?«

»Ich hatte so ein Gefühl ...«

»Meinen Glückwunsch. Entweder entwickeln Sie sich zum Kriminalisten – oder die geheimnisvollen Fähigkeiten des Lords färben auf Sie ab.«

»Dann ziehe ich den Kriminalisten vor«, sagte Rob Jones bescheiden. »Das andere wäre eine Nummer zu groß und zu schwer für mich.«

Chefinspektor Maugham hatte, als er London zusammen mit einigen seiner Leute verließ, einen Durchsuchungsbefehl für Prof. Coxmanns Institut und einen Haftbefehl gegen den Professor selbst in der Tasche. William Beecher, Untersuchungsrichter, hatte ihm beide Urkunden ausgestellt, wenn auch erst nach ausgiebiger Seelenmassage. Sie fuhren die 22 in südlicher Richtung und erreichten das Tor des Instituts genau um vier Uhr nachmittags.

Einer von Coxmanns Assistenten empfing sie und fragte nach ihren Wünschen. Als er begriff, dass die Besucher Kriminalpolizisten waren und einen Durchsuchungsbefehl hatten, erstarrte jeder Ausdruck in seinem Gesicht. Er wurde überaus frostig.

»Prof. Coxmann ist momentan nicht da. Falls Sie beabsichtigen, die Durchsuchung trotz seiner Abwesenheit vorzunehmen ...«

»Allerdings«, sagte Maugham barsch. »Wir werden sofort damit beginnen.« Auf einen Wink verteilten seine Leute sich, da nutzten alle Proteste des Assistenten nichts.

»Sie bleiben bitte hier«, sagte Maugham scharf, als der Mann sich zur Tür wandte. »Nein, das Telefon lassen Sie bitte in Ruhe. Beantworten Sie mir ein paar Fragen, Sir!«

Nein, er wisse nicht, wo Prof. Coxmann hingegangen sei. Er könne auch nichts über den Zeitpunkt der Rückkehr sagen. – Maugham setzte die intensive Befragung fort, bis der Assistent sich wehrte.

»Von mir erfahren Sie jetzt überhaupt nichts mehr. Ich weiß ja nicht einmal, was Sie hier wollen. Was werfen Sie uns vor? Was wollen Sie von Prof. Coxmann?«

Chefinspektor Maughams Antwort befriedigte ihn nicht. Den Haftbefehl gegen Coxmann verschwieg Maugham. Der Assistent schüttelte den Kopf und blieb bei seiner Weigerung. Keine Antwort mehr.

»Selbst wenn Sie mich nach der Zeit fragen«, fügte er patzig hinzu.

»Man kann die Loyalität auch zu weit treiben, Sir«, sagte Maugham mit gefährlicher Ruhe. »Ihr Verhalten könnte mich auf den Gedanken bringen, dass Sie sehr gut wissen, weshalb wir hier sind.«

»Na und? Coxmann ...«

»In diesem Fall würde ich es vorziehen, Sie vorläufig festzunehmen. Sie dürften mich dann nach London begleiten.«

Maugham überlegte ernsthaft, ob das nicht ohnehin geboten sei. Eigentlich musste er, da Coxmann nicht greifbar war, alle seine Mitarbeiter vorläufig festnehmen oder hier unter Bewachung stellen.

Der Assistent knurrte etwas von Polizeistaat und Missbrauch der Amtsgewalt. Chefinspektor Maugham hatte Derartiges schon zu oft gehört, um sich davon beeindrucken zu lassen.

Die Durchsuchung erbrachte wenig. Seine Leute sammelten zwar umfangreiches Material, das zur näheren Prüfung mitgenommen werden sollte, aber einen konkreten Hinweis, einen sensationellen Fund konnten sie nicht bringen.

Während Maugham sich noch mit Inspektor Bond unterhielt, gab es draußen Bewegung. Prof. Coxmann stand plötzlich in der Tür. Er war blass, wirkte aber gefasst. Seinen aufgeregten Assistenten brachte er mit einer Handbewegung zum Schweigen.

»Was tun Sie hier?«, fragte Coxmann leise.

Wortlos reichte Chefinspektor Maugham ihm den Durchsuchungsbefehl. Er beobachtete Coxmanns Gesicht, doch regte sich darin nichts. Coxmann hatte offenbar so etwas erwartet.

»Darf ich fragen, wo Sie herkommen, Sir?«

»Das ist meine Sache«, murmelte Coxmann.

»Wollen Sie mir sagen, wo Sie in der vergangenen Nacht waren?«

»Nein.«

Maugham griff in die Tasche und entnahm ihr den Haftbefehl. Den reichte er schweigend an Prof. Coxmann weiter.

Diesmal glaubte er, ein nervöses Zucken des linken Augenlids wahrzunehmen. Außerdem wurde Coxmann noch eine Nuance blasser. Aber er hatte sich gut in der Gewalt.

»Darf ich einige persönliche Dinge zusammenpacken?«

»Einer meiner Leute wird Sie begleiten«, erwiderte Maugham.

»Was denn! Heißt das, Sie sind verhaftet, Sir?«, fragte der Assistent aufbrausend.

»Kümmern Sie sich bitte während meiner Abwesenheit um alles, lieber Mathews«, sagte Prof. Coxmann und er wirkte sekundenlang so gelöst, fast heiter, als verabschiede er sich für eine Urlaubsreise.

Auf der Rückfahrt nach London versuchte Chefinspektor Maugham mehrmals, ein Gespräch mit dem Untersuchungshäftling anzuknüpfen. Ergebnislos. Als sie im Yard ankamen und Superintendent Russell sich einfand (mit sehr gemischten Gefühlen, nebenbei gesagt), ließ Prof. Coxmann sich lediglich zu folgendem Statement herab: »Alle Versuche, mich zu vernehmen, sind zwecklos. Ich werde auf keine Frage antworten. Sie brauchen mich nicht über meine Rechte zu belehren. Ich benötige keinen Anwalt.«

»Sir, lieber Prof. Coxmann, wenn ich Ihnen aufgrund meiner langjährigen Erfahrung raten darf ...«

Prof. Coxmann wandte Russell schroff den Rücken, und der eben noch so bemüht-verbindliche Superintendent bekam ein zorn- oder schamrotes Gesicht und verließ den Raum.

Einer seiner Leute kam herein und schob Chefinspektor Maugham eine Nachricht zu.

»Ach, das ist interessant.« Maugham wandte sich an den Untersuchungshäftling: »Sie besitzen also ein Haus in Wales, Sir. In Llanfaelrhys, um genau zu sein. Ich mache Sie darauf aufmerksam: Auch ohne Ihre Mithilfe werden wir herausfinden, ob Sie dort gewesen sind – oder wo sonst.«

Prof. Coxmann schwieg.

Maughams Ermittlungen beziehungsweise die seiner Abteilung ergaben, dass Prof. Coxmann in Llanfaelrhys gesehen worden war, und zwar an dem Tag, an dem der Lord dem Strand von Hell's Mouth einen Besuch abgestattet hatte. Llanfaelrhys liegt etwa drei Meilen vom nordwestlichen Ende des Strandes entfernt. Auch Superintendent Russell musste jetzt zugeben, dass der Haftbefehl gegen den prominenten Wissenschaftler offensichtlich nicht unbegründet war.

*

Der Lord beharrte darauf: »Prof. Coxmanns Festnahme war ein Fehler, mein lieber Maugham.«

»Warum, Sir Edward?«

Er bekam keine Erklärung. Hilfesuchend wandte er sich an Rob Jones. Der zuckte die Schultern, aber Maugham bestand auf einer Äußerung zu diesem Thema: »Nein, nein, Rob, weichen Sie nicht aus. Ich will wissen, was Sie dazu sagen. Habe ich falsch gehandelt, als ich Coxmann festnahm?«

»Sie haben ihn verhaftet, Walter«, sagte Rob Jones und lächelte.

»Keine Wortklauberei. Sie sind also Sir Edwards Ansicht.«

»Ich weiß es nicht. Ich weiß es wirklich nicht. Natürlich deutet alles darauf hin, dass Prof. Coxmann in den Fall verwickelt ist.«

»Wer bestreitet das?«, fragte der Lord ruhig. »Ich habe es nur einen Fehler genannt, ihn festzunehmen. Oder zu verhaften, um genau zu sein.«

»Also schön, das ist Ihre Meinung, Sir Edward«, sagte der Chefinspektor grimmig. »Ich bin nur gekommen, um Ihnen zu sagen, dass ich noch heute nach Wales reise. Scotland Yard hat sogar einen Helikopter zur Verfügung gestellt. Da Sie mit den Gepflogenheiten des Hauses vertraut sind, wissen Sie, wie wichtig man meine Reise nimmt.«

»Sie wollen Coxmanns Haus durchsuchen?«

»Genau das, Sir Edward. Wenn ich zurückkomme, hoffe ich, Ihnen beweisen zu können, dass Coxmanns Verhaftung zu Recht erfolgte.«

»Dann mal zu«, sagte Rob Jones burschikos. »Niemand wäre glücklicher als ich, wenn Sie Prof. Coxmann überführen und zu einem Geständnis veranlassen könnten. Sehen Sie doch auch gleich zu, dass Sie das Ungeheuer erwischen und unschädlich machen. Aber hüten Sie sich vor Ameisen.«

Der Chefinspektor ging nicht auf den humorvollen Ton ein.

»Ich weiß genau, was mich erwartet, Rob. Ich mache mir keine Illusionen. Auch wenn wir lückenlose Indizien schaffen, Coxmann wird ein harter Brocken bleiben. Und vor Zwischenfällen wie mit diesen ekelhaften Ameisen sind wir ebenso wenig sicher wie Sir Edward.«

Chefinspektor Maugham kehrte zwei Tage später aus Wales zurück, und sofort, nachdem er im Yard seinen wichtigsten Pflichten nachgekommen war, meldete er sich telefonisch im Penthouse an Chelsea Square an und eilte hinüber.

»Sie werden es nicht glauben!« Maugham sprudelte vor Mitteilungsdrang fast über. »Wir haben ein komplettes Labor gefunden. Fabelhaft versteckt und getarnt. Coxmann muss Jahre daran gebaut haben. Die Anlage verfügt über eigene Strom- und Wasserversorgung, sodass der ungewöhnlich große Verbrauch nicht auffiel. Der Zugang lag im Keller und es war – um ehrlich zu sein – ein glücklicher Zufall, dass wir ihn fanden.«

Nur mit Mühe gelang es Rob Jones, dem Chefinspektor einen Drink aufzunötigen. Maugham sprach ununterbrochen länger als eine halbe Stunde. Sein Gesicht glühte. Er war überzeugt, genügend Material gefunden zu haben, um die Anklage gegen Prof. Coxmann gemeinsam mit Untersuchungsrichter und Staatsanwaltschaft vorzubereiten.

»Glauben Sie wirklich, dass das reicht, lieber Maugham?«, fragte der Lord und hob abwehrend die Hand, als er merkte, dass der Chefinspektor ihn unterbrechen wollte. »Verstehen Sie mich nicht falsch! Sie haben fabelhafte Arbeit geleistet, und sicher wird Coxmann sich etwas einfallen lassen müssen, um das alles zu erklären, was Sie und Ihre Leute drüben in Wales entdeckt haben. – Ich fürchte jedoch, das wird ihm gelingen. Oder er wird schweigen. Und ob das Gericht sich dann dazu durchringen kann …«

»Und die Ameisen?«, fragte der Chefinspektor triumphierend.

»Die Ameisen?«, echote Rob Jones verständnislos.

»Ja, die Ameisen.« Chefinspektor Maugham genoss diesen Triumph. Dramaturgisch geschickt hatte er sich den Clou für den Schluss aufgehoben. »Wir haben ganze Ameisenkulturen gefunden in dem unterirdischen Labor.«

»Von diesem Format?«, fragte Rob Jones und deutete mit beiden Händen die Größe der Tiere an, die er in Abersoch erschossen und erschlagen hatte.

»Ameisen«, sagte der Chefinspektor. »Keine Mutanten. Aber die Burschen in unseren Labors haben bereits festgestellt, dass es die gleiche Art war wie die, deren mutierten Genossen Sie in dem Hotel in Abersoch begegnet sind.«

»Was sagen Sie nun, Sir?«, fragte Rob Jones.

»Nichts«, erwiderte der Lord. Er gratulierte dem Chefinspektor auch nicht zu seinem Erfolg, was der fast ein wenig übelnahm.

Die Anklage gegen Prof. Coxmann wurde vorbereitet. Er fand sich immer noch zu keiner Aussage, zu keiner Stellungnahme bereit. Man schickte ihm einen Verteidiger, doch lehnte er es ab, mit ihm zu sprechen. Eines Tages bat er um den Besuch eines Anwalts, der ihn seit vielen Jahren beriet. Mr. Benjamin Jonson kam und erklärte dem Professor, dass er als Strafverteidiger keinerlei Erfahrung habe und auf seine alten Tage auch nicht mehr zu sammeln gedenke.

»Reden Sie keinen Blödsinn«, entgegnete Coxmann grob. »Ich habe Sie rufen lassen, um meine privaten Angelegenheiten zu ordnen.«

Benjamin Jonson machte seinen Klienten immerhin darauf aufmerksam, er könne einen Antrag auf Haftverschonung stellen. Doch Prof. Coxmann lehnte das ab.

»Wie lange wird es noch dauern bis zur Voruntersuchung. Walter?«, erkundigte Rob Jones sich.

»Zwei, drei Wochen. Auf keinen Fall länger.« Chefinspektor Maugham seufzte.

»Ihre Zuversicht scheint geschrumpft«, stellte Rob Jones fest. »Woran liegt es?«

»Ich kann es nicht sagen. Eigentlich läuft alles so, wie es geplant war. Aber ich wache keinen Morgen auf, ohne zuerst an die düsteren Prophezeiungen des Lords zu denken. Er weiß etwas, was ich nicht weiß, Rob.«

»Fragen Sie ihn, Walter. Ich kann Ihnen nicht helfen. Ich habe auch nicht das Gefühl, dass der Lord etwas verschweigt. Eher, dass er immer noch auf der Suche ist.«

*

Zwei Tage später schlug der Lord vor, nach Schloss Goonhilly zurückzukehren. Rob Jones war nur zu einverstanden. Er fand, dass der Lord sich verändert hatte. Der neue Lord gefiel ihm nicht. Auf Goonhilly, so hoffte er, würde alles wieder in Ordnung kommen.

Auf der langen Fahrt nach Cornwall ergab sich endlich wieder eins der offenen Gespräche, an die Rob Jones von früheren Gelegenheiten her gewöhnt war. Sie gingen gemeinsam noch einmal alles durch, vom ersten Auftauchen des *Spuks von Beachy Head* bis zur Verhaftung des Professors und der Entdeckung des geheimen Labors unter seinem Haus in Llanfaelrhys.

»Sie sind mit dieser Lösung nicht zufrieden, Sir«, stellte Rob Jones fest.

»Weil es keine Lösung ist, Rob. Nichts als eine Scheinlösung.«

»Hätten Sie das Mr. Maugham nicht klarmachen können?«

»Nein. Um das zu tun, hätte ich ihm die wirkliche Lösung bieten müssen. Aber die sehe ich nicht.«

»Sie schweben also immer noch in Gefahr?«

Der Lord antwortete nicht auf diese Frage. Er wusste es nicht. Die akute Bedrohung war wohl mit Coxmanns Verhaftung gewichen. Ob die Verhaftung aber der Grund war oder ob jemand sie nur als Anlass genommen hatte, als willkommene Möglichkeit zur Irreführung …

Einige Tage, nachdem sie nach Schloss Goonhilly zurückgekehrt waren, unterhielt Rob Jones sich mit dem Lord über das neue Boot, das er drüben in Penzane, auf der anderen Seite von Mount's Bay, entdeckt hatte. Er schilderte dem Lord die Vorzüge, brach jedoch mittendrin ab, weil er den Eindruck hatte, dass sein Herr nur mit halbem Ohr zuhörte.

»Entschuldigen Sie, Sir, der Zeitpunkt ist wohl schlecht gewählt.«

»In der Tat, Rob. Ich vermag mich nicht zu konzentrieren. Ich muss um Entschuldigung bitten. – Wenn Sie glauben, das Boot taugt für unsere Zwecke, dann kaufen Sie es doch bitte. Sie verstehen ohnehin mehr davon als ich.«

»Ach, wir finden sicher auch ein anderes.«

»Das heißt, Sie müssten sich rasch entscheiden?«

»Es gibt noch andere Interessenten, Sir.«

Der Lord zwang sich, zehn Minuten lang mit Rob Jones über nichts als dieses Boot zu sprechen. Er schlug sogar vor, mit hinunter an den Strand zu kommen, um auszumessen, ob das wesentlich größere Boot dort ohne Veränderungen Platz fände.

Rob Jones durchschaute ihn und wehrte lachend ab: »Sir, ich danke Ihnen, dass Sie so freundlich waren, mit mir darüber zu sprechen. Aber das Ausmessen kann ich wirklich allein besorgen.«

»Ach, die Arbeit an der frischen Luft tut mir gut.« Er ließ sich nicht davon abbringen. Sie machten sich zusammen auf den Weg durch den Felsen, gingen die teils gewandelten, teils schräg in den Stein gehauenen engen Treppen hinab und hatten den Strand fast erreicht, als der Lord plötzlich stehenblieb. Sein Gesicht hatte sich verdüstert und wieder den abweisenden Ausdruck angenommen, den er für Rob Jones' Geschmack in letzter Zeit allzu häufig hatte.

»Sie sagten, Sie kommen allein zurecht, Rob?«

»Gewiss, Sir.«

»Dann entschuldigen Sie mich.« Er drehte sich um und schritt die Treppe wieder hinauf.

Rob Jones wollte fragen, ob er mitkommen solle, wollte ihm nacheilen. Aber schließlich blieb er schulterzuckend zurück und ging dann die letzten Stufen hinunter.

Mithilfe eines Zollstocks vermaß er den Liegeplatz und kam zu einem positiven Ergebnis. Er brauchte wahrscheinlich gar nichts zu ändern. Um das Boot in der schlechten Jahreszeit zu schützen und kleinere Reparaturen selbst ausführen zu können, plante er ein Bootshaus. Im Geist sah er es schon vor sich und freute sich auf diese Arbeit, eine friedliche Tätigkeit, genau das Richtige nach all den Aufregungen der letzten Zeit.

Rob Jones drehte sich um, wollte zurückkehren, doch blieb sein linker Fuß mitten im Schritt in der Luft hängen, als sei der ganze Mann plötzlich zur Salzsäule erstarrt.

Schlangen?, fragte er sich. *Wie kommen Schlangen hier an den Strand?* – Er hatte nie solche Tiere gesehen, in der ganzen Gegend gab es so etwas nicht.

Aber sie waren da. Sie ringelten sich in hässlichen, dicken Klumpen, keine drei Yards von ihm entfernt. Endlich stellte er den linken Fuß wieder auf den Boden. Misstrauisch betrachtete er das Getier. Mit Schlangen hatte er keine Erfahrung; zur Not wusste er eine Kreuzotter von einer harmlosen Natter zu unterscheiden und einige exotische Arten hatte er in Filmen und im Fernsehen gesehen.

Was sich da vor ihm auf dem teils steinigen, teils sandigen Boden ringelte, ähnelte jedoch keiner der Schlangen, an die er sich zu erinnern vermochte.

Urplötzlich durchzuckte ihn die Erkenntnis: Das waren keine Schlangen, das waren Würmer! Aber wie bei den Ameisen droben in Wales handelte es sich auch hier um Mutanten, um aufgeblasene Würmer, auf ein Vielfaches ihrer ursprünglichen Größe gebrachte Tiere.

Waren sie gefährlich?

Rob Jones versuchte, sich an alles zu erinnern, was er je über Würmer gehört und gelesen hatte. Diese Würmer schienen aus dem Meer zu kommen. Was für Würmer gab es im Meer? Ringelwürmer, erinnerte er sich. Eine Ordnung dieser Ringelwürmer waren die Borstenwürmer. Irgendwo in einer halbvergessenen Schublade seines Gehirns fand sich das Bild aus einem Schulbuch, er wusste noch, dass er die Zeichnung seinerzeit mit Tusche *verschönt*, dass er aus dem harmlosen Meeres-Borstenwurm ein Untier gemacht hatte.

Bevor er dazu kam, sich weitere Gedanken zu machen, drehte er den Kopf zur Seite und sah, dass auch rechterhand eklige Klumpen dieser überdimensionalen Würmer lagen. Er fuhr herum – stellte fest, dass er auf allen Seiten von dem Gezücht umgeben war.

Und sie kamen auf ihn zu.

Zwar schienen sie sich nur umeinander zu ringeln in einem perversen, ekelhaften Tanz, aber zweifellos näherten sie sich dem Mann in ihrer Mitte Zoll um Zoll.

Rob Jones war eingekreist. Er spürte, wie eine Faust sein Herz packte und es zusammendrückte, sodass er das Bewusstsein zu verlieren glaubte. Er wollte schreien, versuchte, aus diesem Albtraum aufzuwachen, aber es war vergebens.

Kein Traum. Wirklichkeit. So etwas kann einen in den Wahnsinn treiben, dachte er.

War das die Absicht des unbekannten Gegners? Und wer war der Gegner, da Prof. Coxmann doch in London in Untersuchungshaft saß?

Der Lord hat recht gehabt, dachte Rob Jones. *Maugham verfolgt den falschen Mann. Oder er hat nur einen der Täter, während der andere versucht, seinen gefährlichsten Verfolger auszuschalten. Den Lord. Ihm gilt dieser Anschlag, nicht mir. Ich bin nur zufällig das Opfer*.

Dann fiel ihm ein, was es bedeutete, wenn seine Vermutung richtig war: Entweder gab es einen Verräter in unmittelbarer Umgebung des Lords – oder der Feind hatte eine Möglichkeit, die Gespräche zu belauschen, die im Schloss geführt wurden.

Vor momentan machtloser Wut knirschte Rob Jones mit den Zähnen. Dann nahm er sich zusammen und sagte sich, dass es zunächst galt, sich aus dieser Situation zu befreien. Er hatte feste Schuhe an und konnte seine Hosen in die Socken stecken, sodass keiner der gut zwei Zoll dicken Würmer eine Chance hatte, sich an seinen Beinen hochzuwinden. Aber er musste sich beeilen, denn das Viehzeug war ihm mittlerweile bedrohlich nahe gekommen.

Vielleicht bissen die Biester. Vielleicht sonderten sie eine giftige Substanz ab, die in größeren Mengen auch Menschen gefährlich werden konnte. Er hatte keine Ahnung.

Als er beide Hosenbeine mithilfe der Socken befestigt hatte, spannte er seine Muskeln an und sprang. Er rutschte auf den letzten Würmern aus und wäre um ein Haar rückwärts in die ekelhafte Masse geknallt. Mit schier übermenschlicher Anstrengung warf er sich noch nach vorne und schrammte sich die Hände auf, als er den Sturz abfing. Schon war er wieder auf den Reinen und rannte in Richtung auf den Zugang zum Felsen. Im Laufen drehte er sich um. Die ungezählten Würmer, mehr als zwei Zoll dick und sicher bis zu drei Fuß lang, ringelten sich mit gesteigerter Aufregung um sich selbst und den jetzt leeren Platz in ihrer Mitte.

Rob Jones raste die teils gewendelten, teils schräg in den Stein gehauenen Treppen hinauf. Er hatte im Augenblick nur einen Gedanken. Auf dem kürzesten Weg gelangte er in den Schuppen, in dem der Gärtner seine Utensilien aufbewahrte; er lag an der Rückfront der Wirtschaftsgebäude des Schlosses, von denen momentan kein einziges benutzt wurde. Niemand hatte ihn gesehen und niemand sah auch, dass er ein paar Minuten später zurückkehrte. Auf dem Rücken trug er ein Metallgefäß, in der Hand ein Rohr, das mit dem Gefäß durch einen Schlauch verbunden war. Das Gefäß enthielt eine hochgiftige Mischung, wie der Gärtner sie zur Insekten-Vernichtung benutzte. Rob Jones hatte die Lösung allerdings in vielfach höherer Konzentration angesetzt, als es auf der Packung angegeben war.

»Ich werde euch Beine machen, ihr Biester«, knurrte er unterwegs – und musste dann selbst über das schiefe Bild lachen. Beine bekamen die Würmer durch das Gift bestimmt nicht.

Aber sie starben.

Er besprühte sie aus kürzester Entfernung. Sie sprangen regelrecht in die Höhe, wenn der Giftstrahl sie traf, und obwohl er das des Zischens wegen nicht beschwören konnte, glaubte Rob Jones, sonderbare Laute zu hören, bevor sie zusammensanken, sich ganz eng umeinander ringelten und still wurden.

Später fand Rob Jones übrigens Spuren im Park von Schloss Goonhilly, die bewiesen, dass sich dort an einer bestimmten Stelle ein Mann längere Zeit aufgehalten hatte. Er war recht unvorsichtig gewesen, hatte nicht nur den Rasen zertrampelt, sondern auch Zigarettenkippen hinterlassen und andere Spuren auf dem Boden und an einem Baum, aus denen Rob Jones (was hatte Maugham über den Kriminalisten gesagt?) geschlossen hatte, dass hier jemand mit einem Richtmikrofon gewesen war. Der Standort war ideal. Man konnte die Fenster mehrerer Räume beobachten, in denen der Lord sich häufig aufzuhalten pflegte. Und in einem von ihnen hatten sie gesessen und über das neue Boot gesprochen.

*

Während Rob Jones die ekelhaften, riesigen Würmer vernichtete, war der Lord bereits wieder unterwegs, ohne dass jemand etwas davon wusste. Nicht einmal Keith Barron hatte mitbekommen, dass der Zweiliter-Austin davongefahren war; kein Wunder, denn der Lord hatte es vorgezogen, nicht den üblichen Weg zu nehmen, sondern durch den Park zu fahren und die Auffahrt erst kurz vor dem inneren Tor zu erreichen.

Sein Ziel lag wieder einmal an der Südküste. Die Reise war Folge eines spontanen Entschlusses. Während er zusammen mit Rob Jones auf dem Weg zu der kleinen Bucht gewesen war, hatte er gespürt, dass die Dinge sich entwickelten, dass er vielleicht gerade jetzt drüben bei Beachy Head den entscheidenden Ansatzpunkt finden würde, um das zu tun, was der Prozess gegen Prof. Coxmann bestimmt nicht vermochte: Das Rätsel um das Ungeheuer von der Südküste und von Wales und alle anderen damit zusammenhängenden Geheimnisse zu klären.

Er mied auch diesmal die Hauptstraßen. Hin und wieder musste er halten, musste einen Blick auf die Straßenkarte von South West England werfen, um sich zu orientieren. Draußen wurde es schon dunkel. Er schaltete die Scheinwerfer ein und musste jetzt auch jedes Mal die Leselampe benutzen, um auf der Karte noch Einzelheiten zu erkennen. Der Verkehr war hier minimal. Vorsichtshalber versuchte der Lord, sich hin und wieder wenigstens für einige Minuten auf mögliche Verfolger zu konzentrieren. Er gestand sich selbst ein, dass das nur schlecht gelang. Seine Gedanken waren vorausgeeilt, beschäftigten sich schon mit dem Ziel der Reise.

Der Lord fuhr durch Dorset; er hielt sich nördlich der 35 und überlegte eben, dass es besser sei, jetzt eine Kleinigkeit zu essen, denn bei seiner Ankunft in Brighton, wo er vielleicht einige Stunden schlafen würde, waren dort längst alle Restaurants geschlossen.

Ein Wagen kam entgegen. Etwa zwanzig Yards vor der Begegnung zog er zur Fahrspur des Lords herüber und drängte den Austin in den Graben. Dann schoss er mit aufheulendem Motor davon.

Der Graben war nicht tief und zunächst versuchte der Lord, den Wagen auf die Straße zurückzubringen. Eins der Antriebsräder drehte durch, die Kraft des anderen genügte nicht.

Der Lord spürte die Gefahr. Er sah und hörte den Mann nicht, der sich seitwärts davonmachte, aber er hatte einen klaren Eindruck von ihm. Er hätte ihn sogar beschreiben können. Nur nützte ihm das momentan wenig.

Die Gefahr – worin bestand sie konkret? Der Wagen, der ihn von der Straße gedrängt hatte, war davongefahren, der Mann, der hier gelauert hatte, floh ebenfalls, erreichte in diesen Sekunden ein zweites Fahrzeug und startete den Motor. Das entfernte Geräusch war auch ohne paranormale Fähigkeiten zu hören. Der Lord stellte beiläufig fest, dass es sich nicht um einen Personenwagen handelte, sondern um einen kleinen Lastwagen mit geschlossenem Aufbau.

Die Gefahr – sie war rings um ihn. Der Lastwagen hatte sie hergebracht, in Kisten gepackt. Die Kisten lagen vermutlich seitlich hinter dem schmalen Streifen von verkrüppelten Bäumen und Sträuchern, die das Feld umrandeten.

Wie erstarrt saß der Lord im Wagen, nicht senkrecht, sondern links geneigt, wie es der Lage des Wagens entsprach. Für eine Schaufensterpuppe hätte man ihn halten können, und doch war er in diesen Augenblicken höchster Konzentration auf eine besondere Weise lebendiger als in normalen Zeiten.

Er wusste, dass er einen Fehler gemacht hatte. Die anderen hatten mit diesem Fehler gerechnet. In diesem Fall wäre es besser gewesen, unüberlegt zu handeln, sofort aus dem Wagen zu springen und zu laufen. Natürlich hatte der Lord nichts dergleichen getan, denn er pflegte nie unüberlegt zu handeln. Seine Gegner hatten das zweifellos einkalkuliert.

War es zu spät?

Der Lord bejahte die Frage, ohne hinzusehen. Er würde die glitschigen Tiere mit der sonderbaren Vorderpartie noch früh genug zu Gesicht bekommen. Am besten war es wohl, er achtete nicht auf sie, sondern konzentrierte sich aufs Entkommen.

Der Austin steckte fest, schied also als Hilfsmittel aus. Aber er war immerhin eine sichere Zuflucht. Oder war er das nicht? Und wie stand es mit der Hoffnung auf einen anderen Wagen, der zufällig diese abgelegene Straße befuhr?

Als der Lord darüber nachdachte, erkannte er, wie umsichtig seine Feinde diesmal gearbeitet hatten.

Nein, so rasch würde hier kein anderes Fahrzeug vorbeikommen. Nicht, solange die Straße gesperrt war …

Die anderen schienen den glitschigen Monstern sehr viel zuzutrauen. Aus welchem Grund? Was konnten sie einem Mann anhaben, der den Schutz einer metallenen und gläsernen Zelle besaß?

Die anderen, dachte der Lord, *haben stillgehalten, die ganze Zeit über, weil Prof. Coxmann ein willkommenes Opfer war, das aus irgendeinem Grund einwilligt, Strafe auf sich zu nehmen, die es in Wahrheit nicht verdient hat. Warum bleibt es nicht dabei? Warum versuchen die anderen jetzt wieder zuzuschlagen? Weil sie wissen, dass ich mich mit dem Coxmann-Opfer nicht zufriedengebe. So einfach ist das.*

Aber diese glitschigen Tiere, wo steckt ihre besondere Begabung? Werden sie den Wagen so dicht überziehen, dass keine Luft mehr hereindringt und ich ersticke?

Der Lord schien aus seiner Starre zu erwachen und sah durch die Frontscheibe und die Seitenscheiben hinaus. Er war von einem dichten Kordon der schleimigen, glitschigen Dinger umgeben, etwa so lang und so dick wie der Unterarm eines Mannes, weder Wurm noch Schlange, Geschöpfe aus dem Reich einer irren Fantasie, mit rätselhaft geformten, sehr gefährlich wirkenden Zähnen.

Rätselhaft?

Nicht mehr. – Zwar hatte der Lord nie einen Büchsenöffner in der Hand gehabt (denn es hatte für ihn keine Kindheit, keine Jugend mit Pfadfinderlager und Ähnlichem gegeben), aber er konnte sich sehr gut vorstellen, wie ein solches Gerät beschaffen sein musste. Die Gebisse der glitschigen Riesenwürmer eigneten sich bestimmt fabelhaft als Büchsenöffner. Der Austin war die Büchse, der Lord der Inhalt der Konserve.

Hilfloser habe ich mich nie gefühlt, dachte der Lord. *Wäre ich von einem Dutzend blutgieriger Menschen umstellt, meine Chancen wären größer.*

Wie lange mochte es dauern, bis die Monstren den Austin aufgeschnitten hatten? Zu lange jedenfalls dauerte es, bis Rob Jones hier sein konnte. Und der war der Einzige, den der Lord – vielleicht – zu erreichen vermochte.

Mit bedauerndem Lächeln dachte der Lord daran, dass er zunächst vorgehabt hatte, den Rolls zu benutzen. Eine Entscheidung, die vielleicht über Leben und Tod entschied. Der Rolls verfügte über Funktelefon. Damit hätte er Hilfe herbeirufen können.

Vergiss es, dachte er. *Keine Zeit für hätte und wäre …*

Das Geräusch, das die Büchsenöffnerzähne jetzt verursachten, konnte auch einem mutigen Mann Schauder über den Rücken jagen. Die ersten Tiere hatten das Dach erreicht und begannen ihre Arbeit. Sie schnitten das Blech anscheinend mit Leichtigkeit durch.

Der Lord drehte sich um. Hinter ihm riss der Kunststoffhimmel des Wagens, für Sekunden war einer der grauenhaften Zähne zu sehen. Mehrere Tiere schienen am gleichen Loch zu arbeiten. Sie vergrößerten es mehr und mehr.

Dann plumpste das erste der Monstren auf den Rücksitz.

*

Rob Jones nahm den Rolls, weil der schneller war als der Land Rover. Der Lord hatte ihn gerufen. Die Signale waren schwach gewesen, jedoch unverkennbar. Über die Richtung bestand kein Zweifel, aber das Ziel?

Erst einmal ostwärts. Und nicht zu weit von der Küste weg. Rob Jones kalkulierte, dass der Lord nach Beachy Head wollte oder nach Brighton oder Seaford, vielleicht auch nach Hailsham zum Institut des verhafteten Professors. Jones wusste auch, dass der Lord Nebenstraßen benutzen würde.

Das Fahren besorgte er instinktiv. Oft wich er im letzten Augenblick Hindernissen aus, vermied Zusammenstöße um Haaresbreite. Natürlich fuhr er viel zu schnell. Mochte sein, dass er einem Polizisten auffiel, dass man die Nummer des Wagens weitergab, dass man ihn jagte oder ihm an irgendeiner Kreuzung auflauerte.

Egal. Notfalls würde er auch eine Sperre durchbrechen. Für alle Fälle nahm er den Hörer des Funktelefons aus der Halterung und wählte – eine längere Gerade erlaubte das – Chefinspektor Maughams Privatnummer.

Fehlanzeige. Maugham war noch nicht zu Hause. Also versuchte Rob Jones es mit der Nummer des Yards. Einer von Maughams Leuten meldete sich anstelle des Chefinspektors. Er bedauerte. Der Chef war nicht da. Vielleicht aß er irgendwo, hatte den ganzen Tag über hart gearbeitet.

Rob Jones prägte dem Mann ein: Maugham suchen und ihn veranlassen, sich sofort mit ihm in Verbindung zu setzen. Über die Funktelefon-Anlage. Die Nummer war dem Chefinspektor bekannt.

»Sagen Sie ihm, es geht um Leben und Tod«, keuchte Rob Jones, während er den Hörer mit der Schulter festklemmte und den schweren Wagen in die nächste Kurve riss, ohne den Fuß vom Gaspedal zu nehmen, sodass er schlitternd und mit entsetzlich quietschenden Reifen auf der anderen Seite herauskam.

Jedenfalls kam er heraus.

»Um den Lord geht es! Sagen Sie ihm das!«

Ein paar Meilen weiter musste Rob Jones mit der Geschwindigkeit bis fast auf null heruntergehen. Er spürte die Unsicherheit. Vergeblich wartete er auf ein weiteres Signal. Der Lord meldete sich nicht mehr.

Weil er es nicht konnte?

Rob Jones fuhr den Wagen an den Straßenrand, knipste die Leselampe an und nahm sich die Karte vor. Er versuchte, sich in die Rolle des Lords zu versetzen. Mal angenommen, Brighton war das Ziel: Welche Straßen boten sich an, wenn die Fernstraße nicht infrage kam? Eine verwirrende Auswahl. Umwege in jedem Fall. Und da es dem Lord darum ging, unauffällig ans Ziel zu kommen, konnte man den kleineren Umweg nicht gegen den etwas größeren aufrechnen.

Rob Jones stöhnte. Er musste sich entscheiden. Er drückte sich nie vor Entscheidungen, aber es war zum Verzweifeln, wenn von einer Entscheidung, für die man praktisch keine Grundlage hatte, ein Leben abhängen mochte.

Der Rolls-Royce schoss in die Nacht davon. Eine vorläufige Route hatte Rob Jones jetzt im Kopf, die Karte brauchte er nicht mehr. Immer noch hoffte er, ein weiteres Signal des Lords aufzufangen, aber die Hoffnung war vergebens.

Ungefähr 200 Yards weiter vorn war eine Straßengabelung. Er würde die rechte Route nehmen. Im Licht der Scheinwerfer entdeckte er das Schild *Road under construction*. Die Straße war gesperrt, der Rolls schoss nach links hinüber.

Dann trat Rob Jones mit voller Wucht auf die Bremsen. Sekunden später fuhr der Rolls rückwärts, bis er die Gabelung wieder erreicht hatte. In diesem Augenblick meldete sich das Telefon. Rob Jones nahm den Hörer ab. Maugham war der Anrufer. Jones schilderte ihm mit wenigen Worten, was er wusste.

»Wo sind Sie jetzt?«

Ohne die Karte zu bemühen, machte Rob Jones exakte Angaben, erwähnte die Straßensperre und dass sie ihm plötzlich seltsam vorgekommen sei.

»Ich fahre also die gesperrte Straße, Walter.«

»Vorsichtig. – Ich beantrage sofort einen Helikopter, Rob. Ach was, ich schreibe einfach den Startauftrag. Das ist ein Notfall. Sobald ich in der Luft bin, hören Sie wieder von mir.«

Rob Jones sprang aus dem Wagen und räumte das Hindernis zur Seite, gerade so weit, dass er passieren konnte. Obwohl er wusste, wie gefährlich das war, dass er hinter jeder Kurve in eine Baustelle rasen konnte, nahm er den Fuß nicht vom Gaspedal. Er biss die Zähne zusammen und drosch den Rolls von einer Kurve in die nächste.

Wieder kreischten die Reifen, als Robs Fuß die Bremse trat. Hart neben dem Austin kam der Rolls-Royce zum Stehen.

Neben dem Austin?

Neben dem, was einmal ein Austin gewesen war.

Er zog den Colt-Revolver, bevor er ausstieg. Was er sah, war so rasch nicht zu begreifen. Wie konnte man einen Wagen auf diese Weise zerstören? Aus welchem Grund? Vor allem aber: Wo war der Lord?

Ihn suchte Rob Jones vergeblich. Auf den Polstern des Fahrersitzes waren Blutspuren. Während Motorhaube und Kofferraumdeckel nahezu unbeschädigt waren, hatte man das Dach dos Wagens kreuz und quer zerschnitten.

Wie mit Büchsenöffnern, dachte Rob Jones, als er sich die Schnittflächen ansah. *Wellig und gezackt.*

Aber wer? Warum? Weshalb eine so umständliche Methode?

Dann entdeckte Rob Jones seltsame Flecken. Sie fanden sich auf dem Wagen und auf der Straße. Teilweise waren es regelrechte Lachen.

Blut, dachte er zuerst. Blut war auch sicher darin enthalten, aber es war mehr. Es war, als hätte man Körpergewebe in einer starken Säure aufgelöst.

Ja, und dann fand er Teile von Büchsenöffnern. Aber nicht aus Metall, sondern aus einem Material, das spontan an Zähne denken ließ. Tierische Zähne!

Rob Jones suchte weiter und entdeckte einige der glitschigen Dinger, die sich noch nicht aufgelöst hatten. Sie schienen sich in der Hecke aus verkrüppelten Bäumen und Büschen verkriechen zu wollen. Hinter der Hecke lagen Holzkisten in großer Zahl. Eins kam zum anderen. Rob Jones kombinierte und brachte ein Bild zusammen, das den Tatsachen recht nahe kam.

Ihn schauderte.

Eins der Tiere, das er entdeckte, lebte noch. Er ekelte sich, es anzufassen, holte eine der Kisten herbei und schob es rasch mit dem Fuß hinein, schloss den Deckel, der Luftlöcher besaß.

Dann hörte er das Telefon im Rolls und eilte hin. Er gab Chefinspektor Maugham einen kurzen Bericht. Seine Stimme klang tonlos.

»Und der Lord?«, fragte Maugham. Er musste schreien, um das Geknatter der Rotoren zu übertönen. »Was ist mit dem Lord?«

»Ich habe keine Ahnung. Er ist nicht da. Ist verschwunden – verletzt. Bestimmt ist er verletzt. Blut auf dem Sitz.«

Maugham forderte ihn auf, an Ort und Stelle zu bleiben, möglichst ein Feuer zu machen, damit der Hubschrauber-Pilot sich orientieren konnte.

Als der Helikopter landete, saß Rob Jones wie gelähmt hinter dem Lenkrad des Rolls-Royce.

*

Der Lord war verletzt, er blutete aus zahlreichen Wunden. Aber sie waren nicht lebensgefährlich. Er hatte sich die Verletzungen zugezogen, als er versucht hatte, die glitschigen Monster mit den Büchsenöffnerzähnen abzuwehren. Die anderen hatten ihr Ziel voll und ganz erreicht. Dem Grauen, das der Angriff der Tiere erzeugte, hatte nicht einmal der Lord widerstehen können.

Er wusste noch, dass er versucht hatte, die Tür zu öffnen und durch das Gewimmel der glitschigen Biester zu entkommen. Dann war er bewusstlos geworden.

Als er zu sich kam, befand er sich in einem fensterlosen, aber gut belüfteten Raum, der von einer nackten Neonröhre erhellt wurde. Er lag auf dem Boden. Ein Mann kniete neben ihm. Man hatte die zerrissenen Kleidungsstücke von seinem Körper geschnitten und die gröbsten Verletzungen verbunden. Die Verbände waren blutgetränkt. Der Lord fühlte sich schwach wie ein kleines Kind. (Fast hätte er über die Assoziation gelächelt, trotz seiner offenbar verzweifelten Lage. Woher sollte er wissen, wie schwach ein kleines Kind sich fühlt?)

Der Mann, der hereingekommen war, um nach ihm zu sehen, hatte ein stoischregloses Gesicht. Er sprach auch jetzt kein Wort, da der Lord die Augen geöffnet hatte. Er wechselte nur einige der Verbände aus und wies auf einige Kleidungsstücke. Bevor der Lord sich entschlossen hatte, zu sprechen, erhob er sich und ging hinaus. Man hörte schwere Riegel, die die Tür von außen versperrten.

Es war kalt. Der Lord versuchte, sich aufzurichten. Es gelang ihm unter Ächzen und Stöhnen. Vor seinen Augen begann der Raum sich zu drehen. Er merkte jetzt, wie schwach er tatsächlich war. Das kam durch den Blutverlust.

Aber mein Hirn funktioniert, dachte der Lord. *Ich bin nicht verrückt geworden. Ich kann logisch denken.*

Er bestätigte sich das durch einige Übungen. Er rekonstruierte, was geschehen war. Auch an Rob Jones dachte er. Ob sein Signal ihn erreicht hatte? – Vielleicht. Aber was konnte das nützen?

Stunden vergingen. Zeit zum Nachdenken. Zeit, Pläne zu machen. Pläne für alle Eventualitäten. Ein bisschen Optimismus konnte nicht schaden. Aber es war schwer, ihn aufzubringen.

Der Lord wusste nicht, wo er sich befand. Denken konnte er es sich jedoch. Wahrscheinlich war er genau an das auserkorene Ziel gekommen. Nur nicht auf die beabsichtigte Art und Weise.

Das Geräusch der Riegel, die zurückgeschoben wurden, kündigte Besuch an. Der

Mann, der diesmal hereinkam, trug eine Maske. Warum trug er sie? Hatte er vor, seinen Gefangenen wieder auf freien Fuß zu setzen? Oder wollte er falsche Hoffnungen wecken, vielleicht, um leichter zu Informationen zu kommen, die er sich von dem Verletzten erwartete?

»Ich begrüße Sie«, sagte der Maskierte spöttisch. »Ihr Besuch hier war geplant, nicht wahr? Nur die Umstände hatten Sie sich wohl anders vorgestellt.«

Der Lord betrachtete den Mann schweigend.

»Sie möchten wissen, wer ich bin? Sie grübeln, weshalb ich eine Maske trage? Tun Sie das nur. Wir haben ja genügend Zeit.«

Der Lord schwieg immer noch. Er wusste jetzt, dass seine Annahme richtig gewesen war. *Vielleicht*, dachte er, *hätte ich doch mit Maugham darüber sprechen sollen. Dass ich auf eigene Faust gehandelt habe, weil ich noch nicht ganz sicher war, erweist sich nun als kapitaler Fehler. Vielleicht kostet er mich das Leben.*

»Sie sind nicht sehr gesprächig«, sagte der Maskierte mit gespieltem Bedauern. »Sie enttäuschen mich, Sir Edward. Von Ihnen hatte ich mehr Lebensart erwartet.«

»Ihr Zynismus ist billig«, entgegnete der Lord ruhig. Ziemlich mühsam kam er auf die Beine.

»Meinetwegen brauchen Sie nicht aufzustehen«, versicherte der andere. »Schonen Sie Ihre Kräfte. Sie wollen doch sicher sehen, was Sie so sehr interessiert. Es wird ein strapaziöser Rundgang, falls Sie Wert darauf legen, dass ich Ihnen alles erkläre. Und ein Rollstuhl steht leider nicht zur Verfügung.«

»Wir sind hier unter den Klippen?«

»Richtig, Sir Edward. So gefallen Sie mir schon besser. Unter den Klippen von Beachy Head. Ein System natürlicher Höhlen, teilweise ausgebaut und künstlich erweitert. Platz genug für meine Arbeit.«

»Nehmen Sie doch diese Atemmaske ab«, sagte der Lord, der sich jetzt keine Illusionen mehr machte.

»Sie wissen, weshalb ich die trage?«

»Der Grund ist kindisch. Sie hofften, mich verblüffen zu können, wenn Sie sie abnehmen und ich die Ähnlichkeit bemerke. Aber ich weiß auch so, wer Sie sind.«

Der Maskierte schwieg. Er konnte seine Betroffenheit nicht völlig verbergen. Seine Stimme klang anders, als er fragte:

»Wann haben Sie meine Identität erkannt? Seit wann wissen Sie, wer ich bin?«

Der Lord zuckte die Schultern. Seine Chancen waren gering. Er musste versuchen, sie zu verbessern. Vielleicht war die Verunsicherung des Gegners ein Weg dorthin.

»Na gut, Sie wissen es also«, sagte der Mann nachdenklich und befreite sich von der Maske. »Im Grunde ändert das nichts. Ich glaube nicht …« Er sprach nicht aus, was er nicht glaubte. Der Lord wusste es ohnehin, aber er spürte auch die Zweifel. Und die passten in sein Konzept.

»Schade, wirklich schade«, sagte der Mann, während er die Maske in seine Jackentasche stopfte. »Ich habe nichts gegen

Sie, Sir Edward. Hätten Sie Ihre Neugier gezügelt, könnten Sie noch lange Jahre leben.«

»Das ist auch meine Absicht.« Der Lord lächelte verbindlich. Dabei wünschte er, sich nur halb so sicher zu fühlen, wie er vorgab.

»Alle Achtung«, murmelte der Mann spöttisch. »Noblesse oblige, was? – Na, kommen Sie erst einmal mit. Sie haben sicher Hunger und Durst. Wer seinem Tod mit Haltung begegnet, hat eine Henkersmahlzeit verdient.«

Er klopfte an die Tür. Sie wurde von außen geöffnet. Der Mann mit dem stoischreglosen Gesicht zeigte sich. Man ließ dem Lord den Vortritt. Sie schritten einen langen, leicht abfallenden Gang hinab. In einem Zimmer, das sonst wohl als Büro diente, war ein Tisch für zwei Personen gedeckt. Mit übertriebener Höflichkeit bat der Mann den Lord, Platz zu nehmen.

»Nach dem Essen machen wir, wenn es recht ist, den versprochenen Rundgang. Und dann müssen Sie sterben, Sir Edward.« Er legte den Kopf schräg und beobachtete sein Gegenüber. »Ja, so ist das nun einmal. Ihre Schuld. Ganz allein Ihre Schuld. Sie sind der einzige Mensch, der mir gefährlich werden konnte. Sie sehen ein: Ich hatte keine andere Wahl. Ich musste Sie wegräumen lassen.«

Der Lord zuckte die Schultern und widmete sich der Vorspeise, die aus geräuchertem Lachs bestand.

»Scotland Yard hat sein Opfer, die Polizei wird mich nicht mehr belästigen. Für meine spektakulären Versuche gibt es künftig andere Felder. Die englische Polizei braucht sich nicht mehr darum zu kümmern. – Ach, Sie glauben, ich müsste Skrupel haben, weil ich einen Unschuldigen für mich büßen lasse?«

»Ich weiß, Sie haben keine Skrupel«, sagte der Lord.

»Nein, und auch keinen Grund dazu. So unschuldig ist Coxmann nämlich gar nicht. Vielleicht erzähle ich Ihnen später mehr darüber.«

»Das würde mich interessieren. Überhaupt gibt es da eine Reihe von Fragen …«

»Doch nicht während des Essens, Sir Edward!«, sagte der Mann und lächelte sarkastisch. »Sie verderben sich ja Ihre letzte Mahlzeit!«

Eigentlich sollte der versprochene Rundgang beginnen. Der Lord hatte das letzte Glas getrunken und schickte sich bereits an, aufzustehen. Da kam einer der Leute herein, die offenbar die Wachmannschaft bildeten. Er tuschelte mit Sir Edwards Gegenüber.

»Zum Donnerwetter, solche Pannen dürfen nicht passieren!«, sagte der Mann und wurde vor Wut krebsrot. »Die beiden sollen herkommen. Ich will das von ihnen selbst hören.«

»Okay, Sir. – Und der da?« Der Wachmann zeigte auf den Lord.

»Ach, lassen Sie ihn hier. Es spielt keine Rolle, ob er zuhört oder nicht.«

Wenig später betraten zwei andere Männer den Raum. Sie wirkten schuldbewusst. Man spürte, dass sie Angst vor ihrem Chef hatten.

»Was habt ihr wieder für einen Blödsinn gemacht?«, herrschte er sie an. »Tom – was ist passiert?«

Der Angesprochene druckste herum.

»William! Reden Sie schon!«

»Ja, wir konnten wirklich nichts dazu, Sir.«

»Ihr seid zu spät gekommen. Weshalb?«

»Nun, wir haben uns an die Vereinbarungen gehalten. Wir konnten doch nicht ahnen, dass der Glatzkopf dazwischenfunken würde.«

Der Mann warf dem Lord einen raschen Blick zu, doch reagierte der überhaupt nicht. Jedenfalls zeigte er es nicht.

»Dazwischengekommen? Jones? – Wie ist das möglich?« Der Mann, nachdem er vergeblich auf eine Antwort von Tom oder William gewartet hatte, wandte sich dem Lord zu: »Vielleicht haben Sie die Freundlichkeit mir zu erklären, was das zu bedeuten hat?«

»Warum sollte ich?«, fragte der Lord lächelnd.

Ein hasserfüllter Blick traf ihn und der Mann murmelte, nur für den Lord verständlich: »Sie machen sich Ihren Tod schwer, Sir Edward!«

Dann wandte er sich wieder den beiden Ganoven zu und fauchte sie an: »Wie lange soll ich noch auf euren Bericht warten? Ich will alles wissen. Jede Einzelheit! Sachlich und ohne Ausflüchte.«

So erfuhr nicht nur der Chef der Gauner, sondern auch der Lord, was sich drüben in Dorset abgespielt hatte, nachdem die glitschigen Monster in den Wagen eingedrungen waren und er vergeblich versucht hatte, zu entkommen. Er erfuhr von Robs Ankunft und dass der sich durch die Straßensperren offenbar keine Minute hatte aufhalten lassen.

Tüchtiger Rob, dachte er.

Weiter erfuhr er von Maughams Eintreffen per Helikopter. William und Tom nannten zwar keinen Namen, aber sie schilderten den Chefinspektor so plastisch, dass für den Lord kein Zweifel bestand.

»Wir waren immer noch in der Nähe, Sir«, sagte Tom. »Aber was hätten wir tun können?«

»Was habt ihr getan?«

»Gewartet, bis es anfing, hell zu werden. Dann wurde es uns zu ungemütlich und wir sind hierher gefahren.«

»Ihr seid Trottel«, knirschte der Boss, ohne seine Vorwürfe zu konkretisieren. »Jetzt muss etwas geschehen.«

Tom und William warteten auf neue Befehle. Der Mann betrachtete den Lord, aber er schien ihn nicht zu sehen. Der Lord versuchte, sich in die Gedanken des anderen zu drängen. Er gab das aber bald wieder auf, als er die Nervosität seines Gegenüber spürte. Offenbar hatte er es mit einem von der empfindsamen Sorte zu tun, und da er obendrein intelligent war, mochte er Verdacht schöpfen und sich zu einer Kurzschlusshandlung hinreißen lassen.

»Jones muss verschwinden«, sagte der Mann, nachdem er das Problem bedacht hatte. »Und Maugham auch. Ihr werdet das übernehmen.«

»Jones und Maugham?«, fragte William erschrocken. »Wieder mit …«

»Nein«, schnitt der Chef ihm das Wort ab. »Diesmal auf eine Art, die möglichst wenig Aufsehen erregt. Am besten ist es, wenn es nach Unfall aussieht.« Er warf dem Lord einen Blick zu. Dann stand er auf, ging zur Tür und rief einen der anderen herein.

»Bringt unseren Gast in sein Zimmer.« Auf seinem Gesicht erschien sekundenlang wieder das höflich-spöttische Grinsen: »Sie werden verzeihen, Sir Edward: Aber wir müssen den Rundgang ein wenig verschieben. Ich bin überzeugt, Sie haben Verständnis dafür.«

»Vollstes Verständnis«, versicherte der Lord.

Man brachte ihn in den fensterlosen Raum mit der nackten Neonröhre zurück. Er hörte, wie die schweren Riegel vorgeschoben wurden. Er war recht zufrieden mit der Entwicklung, hockte sich auf den Fußboden und begann, sich zu versenken.

*

Rob Jones war um diese Zeit im Yard. Er saß in Chefinspektor Maughams Zimmer. Um genau zu sein: Hin und wieder nahm er für einige Augenblicke Platz, aber es hielt ihn nie lange auf dem Stuhl. Solange es keine konkreten Hinweise auf den Verbleib des Lords gab, solange er nichts tun konnte, vermochte er seine Nervosität nicht zu beherrschen. Lebte der Lord noch? Lag seine Leiche irgendwo versteckt und unauffindbar?

Maugham hatte sich daran gewöhnt, dass Rob Jones fast ständig im Zimmer auf und ab ging. Er verstand das. Im Augenblick war er besser dran, denn ihn nahm die Koordination der Maßnahmen, die mittlerweile eingeleitet waren, voll und ganz in Anspruch.

»Was ist los, Rob?«, fragte der Chefinspektor plötzlich. Ihm war aufgefallen, dass Jones nun schon seit mehreren Minuten ganz still in einem der beiden Besuchersessel saß.

Rob Jones antwortete nicht. Er schien auf etwas zu lauschen. Da Chefinspektor Maugham mit allem, was den Lord betraf, recht gut vertraut war, schöpfte er spontan neue Hoffnung. Er hütete sich, Rob Jones jetzt noch einmal anzusprechen. Sooft eins der Telefone auf seinem Schreibtisch klingelte, nahm er rasch ab. Am liebsten hätte er das Zimmer auf Zehenspitzen verlassen und sich für die Zeit von Rob Jones' geistig-seelischer Abwesenheit in seinem Vorzimmer einquartiert. Wahrscheinlich hinderte nur seine Neugierde ihn daran.

Rob Jones stand plötzlich auf. Er sah sich um, als hatte er Mühe, sich zu orientieren.

»Hier bin ich, Rob – falls Sie mich suchen.«

»Wie? – Oh, Walter, was gibt es denn?«

»Das möchte ich von Ihnen hören.« Aber Rob Jones schüttelte lediglich den Kopf und ging auf die Tür zu, die direkt hinaus auf den Flur führte.

»He, wo wollen Sie hin, Rob!? Sagen Sie mir doch, was Sie eben erfahren haben.«

»Erfahren? Ich … Gar nichts.«

»Sie haben kein Vertrauen zu mir. Pfui, Rob. Ich weiß nicht, was ich dazu sagen soll. Nein, wirklich nicht. Ehrlich gesagt, ich verstehe das nicht. Ich bin beleidigt. Ja, beleidigt! Haben Sie verstanden? Außerdem bin ich überzeugt, dass Sie einen Fehler machen, wenn Sie mir nicht alles sagen, was Sie wissen. Denken Sie doch daran, dass ganze Hundertschaften unterwegs sind, um den Lord zu suchen. Wenn es durch Ihre Schuld …«

»Was ist denn nur los?«, fragte Rob Jones. »Warum sind Sie auf einmal so komisch, Maugham?«

»Ich – komisch!«, sagte Maugham. »Na, das ist gut!«

»Ah, Sie denken … Weil ich eben so abwesend wirkte, glauben Sie, ich hätte etwas empfangen. Eine Nachricht …«

»Ist das denn nicht so?«

»Ja, ja, gewissermaßen.«

»Dann rücken Sie raus damit!«

»Sie haben keinen Nutzen davon, Walter. Ich weiß nicht, wo der Lord ist.«

»Aber er lebt?«

»Muss er wohl, sonst hätte ich die Mitteilung nicht erhalten.«

»Rob, Sie machen mich wahnsinnig! Wenn Sie jetzt nicht auf der Stelle alles ausspucken …« Er brach ab und wunderte sich selbst über diese Sprache. So redeten seine jungen Leute in Verhören mit Gangstern.

»Sie glauben doch nicht, ich wäre gegangen, ohne Ihnen alles zu sagen, Walter!?«

»Es hatte den Anschein, Rob.«

»Also hören Sie: Ich werde jetzt zum Chelsea Square fahren und dort bleiben. Und Sie bleiben hier in Ihrem Zimmer und rühren sich nicht von der Stelle, bis Sie wieder von mir hören.«

»Ja, weiter!«

»Nichts weiter. Das ist alles.«

Rob Jones war schon an der Tür und der Chefinspektor sah ihm verblüfft, mit leicht geöffnetem Mund nach. Er machte eine Handbewegung, als wollte er ihn aufhalten, aber es war zu spät. Statt ihm nachzulaufen, ging er zum Fenster und sah hinunter auf die belebte Victoria Street, ohne etwas wahrzunehmen. Eine halbe Stunde später rief er in der Wohnung des Lords an Chelsea Square an. Rob Jones nahm den Hörer sofort ab. Aber auch jetzt erfuhr Maugham nichts, was ihn weitergebracht hätte. Mit seltener Sturheit behauptete Rob Jones, weitere Einzelheiten habe die Nachricht nicht enthalten.

Und das stimmte auch. Fast.

Er wartete geduldig-ungeduldig. Im Vergleich zu den Stunden, die er in Maughams Büro verbracht hatte, befand er sich jetzt in einem wesentlich besseren Zustand. Aber er wünschte doch sehnlich den Abend herbei. Vorher würden die Besucher nicht kommen.

Vorbereitungen? – Er hatte alle Vorbereitungen getroffen. Sie waren einfach (und zum größten Teil überflüssig, dienten hauptsächlich als Beschäftigungstheorie). Aber vielleicht meldete der Lord sich noch einmal?

Rob Jones zwang sich in einen Sessel und zur Ruhe. Er versuchte, besonders empfänglich zu sein für etwaige Signale.

Es kamen aber keine mehr.

Wenn er sich nicht täuschte, musste er mit zwei Mann rechnen. Das war in der Nachricht nicht so deutlich geworden. Überhaupt konnte man das, was Rob Jones aufgefangen hatte, nicht mit einem Telefongespräch oder so etwas vergleichen. Eher mit einer Art Wachtraum. Vieles blieb diffus. Vieles musste er erraten. Aus Einzelheiten ein Bild zusammensetzen, wie der Lord das nannte. Auch Übung gehörte dazu. Die hatte Rob Jones mittlerweile. In den letzten Monaten hatte der Lord häufig Veranlassung gehabt, sich auf solche Weise mit seinem Vertrauten in Verbindung zu setzen.

Endlich wurde es dunkel. Rob Jones machte Licht in mehreren Räumen. Er versuchte, sich so unauffällig wie möglich zu benehmen. Keinesfalls durfte er die Burschen verschrecken. Sie mussten erstens merken, dass er da war, und zweitens glauben, dass er arglos sei.

Gegen elf Uhr hatte sich immer noch nichts getan. Rob Jones zündete sich eine Zigarette an und öffnete eine der Terrassentüren. Er trat in die frische Nachtluft hinaus und dicht an das Geländer heran.

Beinahe hätte er sich überraschen lassen.

Als der Laut an sein Ohr drang, war es fast zu spät. Aber er reagierte instinktiv, wirbelte herum und wich zur Seite aus. Der Kerl, der vom flachen Dach aus auf seinen Rücken hatte springen wollen, knallte gegen das Geländer, und ohne dass Rob Jones eine Hand zu rühren brauchte, brach er bewusstlos zusammen. Vielleicht hatte er sich sogar das Genick gebrochen. – Eine Vorstellung, die Rob Jones gar nicht passte, denn er brauchte sein Opfer lebend.

»Halt, bleib stehen!«, fauchte ihn jemand aus der Dunkelheit an. »Meine Spritze ist genau auf deinen Wanst gerichtet! Keine Bewegung, Freundchen!«

Rob Jones hob die Hände. Er sah den zweiten Mann noch nicht, er riet jedoch die Richtung, aus der er kam. Dann spürte er den Lauf der Waffe im Kreuz. Der Bursche, der sie hielt, stand links hinter ihm. Rob dachte an den Trick, den er vor einer ganzen Reihe von Jahren von einem gewissen Grimsby gelernt hatte. Seine Anwendung war in jedem Fall gefährlich. Entweder für den, der ihn ausführte – wenn der Gegner sehr schnell war. Oder für den Gegner – wenn er klappte.

Natürlich war gar keine Zeit, das Für und Wider abzuschätzen. Die Entscheidung musste im Bruchteil einer Sekunde getroffen werden. Rob riskierte es. Er glaubte, den Knall der Explosion zu hören und den Schmerz, den die in seinen Körper eindringende Kugel verursachte, die seine Lungen zerriss.

Aber der Schrei kam nicht aus seinem Mund, sondern aus dem des Gangsters. Er war schneller gewesen als der Mann mit der Waffe, die jetzt über den Boden der Terrasse schlitterte.

Auch der zweite Gangster war überwältigt. Rob Jones schenkte ihm nur einen Blick. Er wälzte sich hilflos am Boden, aus seinem Mund kam gurgelndes Geschrei, das schwächer wurde und vielleicht bald für immer erstarb.

Rob Jones wartete halb und halb darauf, dass es noch einen dritten Angreifer gab. Bevor er sich mit den beiden Gestalten befasste, überzeugte er sich, dass sie allein gekommen waren. Er schleifte einen nach dem anderen durch die Terrassentür in die Wohnung. Dort, bei Licht und plötzlichen Angriffen von etwa nachkommenden Spießgesellen der beiden nicht so direkt ausgesetzt, konnte er sich ausgiebig mit ihnen beschäftigen.

Zuerst beschäftigte er sich mit dem immer noch leise stöhnenden Burschen, der ihn mit der Pistole bedroht hatte. Zu seiner Erleichterung merkte er, dass er sich nicht das Kreuz gebrochen hatte. Auch das Bein sah nicht so schlimm aus, wie Rob Jones zuerst dachte. Zwar war das Knie dick geschwollen, vielleicht der Oberschenkel gebrochen, aber wenn, dann war es kein komplizierter, sondern ein glatter Bruch.

»Stell dich nicht so an«, sagte er gewollt schroff, nachdem die flüchtige Untersuchung beendet war und er die Taschen des Mannes durchsucht hatte. »Sei froh, dass du noch lebst.«

Er wandte sich dem anderen zu. Der kam eben zu sich. Rob Jones zog die Lider hoch, eins nach dem anderen. Der Blick des Mannes war einigermaßen klar. Rob Jones richtete ihn auf und lehnte ihn mit dem Rücken gegen einen Sessel. Er flößte ihm einen Whisky ein. Der Mann spuckte und würgte. Dann schluckte er. Und behielt das Zeug bei sich.

Glück gehabt, dachte Rob Jones. *Beide leben. Und sie werden singen. Sonst …*

Bevor er die Unterhaltung begann, die jetzt fällig war, machte er noch einen Kontrollgang. Alles war still. Einen dritten Mann gab es offenbar wirklich nicht. Rob Jones schloss die Vorhänge und zog sich einen Sessel herbei.

»Jetzt wollen mir miteinander sprechen«, begann er fast gemütlich. »Wir wollen uns ganz offen unterhalten, versteht ihr? Ich stelle die Fragen und ihr antwortet. Wahrheitsgemäß, ohne Umschweife und Ausflüchte.« Seine Stimme veränderte sich nicht, als er hinzufügte: »Andernfalls breche ich euch jeden Knochen einzeln, Ihr könnt euch darauf verlassen. Ich tue immer, was getan werden muss. Wenn es sein muss, auch mit roher Gewalt.«

*

Nachdem der Lord das Gefühl hatte, seine Botschaft an den Mann gebracht zu haben, fühlte er sich frischer und besser als irgendwann seit dem Erlebnis mit den glitschigen, büchsenöffnerzähnigen Monstren. Dazu mochte auch die vorzügliche Mahlzeit beitragen, die nach dem Willen des Chefs dieser Anlage seine letzte sein sollte. Neue Kraft und Zuversicht durchströmten ihn und er beschloss, nicht auf Hilfe von draußen zu warten, sondern schon jetzt zu versuchen, die Angelegenheit auf seine Weise zu bereinigen.

Er wusste den Mann mit dem stoisch-starren Gesicht auf der anderen Seite der verriegelten Tür und konzentrierte sich auf ihn. Nach wenigen Minuten hörte er die Riegel.

»Was wollen Sie?«, fragte der Mann und starrte den Lord mit flackerndem Blick an. Sein Atem ging stoßweise. Er hatte Angst, denn er vermochte sich nicht zu erklären, was da über ihn gekommen war und ihn veranlasst hatte, die Tür zu öffnen – gegen die strikten Anweisungen des Chefs.

Der Lord trat langsam auf ihn zu.

»Nein!«, keuchte der Mann und hob zur Abwehr beide Hände. »Nein, bleiben Sie dort!«

Er versuchte, zurückzuweichen, aber der Lord war schneller. Er schien auf ihn zuzuschweben, und als er ihn berührte, quetschte der Mann einen sonderbaren Laut aus der Tiefe seiner Kehle und sank dann kraft- und willenlos gegen die Tür.

Der Lord fing ihn auf, ließ ihn sanft zu Boden gleiten und durchsuchte ihn. Er nahm eine automatische, großkalibrige Pistole an sich, die nicht nur entsichert, sondern auch durchgeladen war.

Außerdem trug der Mann einen Gummiknüppel. Den wog der Lord in der Hand, betrachtete ihn von allen Seiten und nickte schließlich. Brauchbar – wenn auch nur ein schlechter Ersatz für seinen schwarzen Stock mit dem silbernen Knauf.

Ungehindert ging er den leicht geneigten Flur hinab und passierte die Tür des Zimmers, in dem er mit seinem Gegner gegessen hatte. Er brauchte sich nicht zu orientieren. Sein Instinkt – oder wie immer man es nennen wollte – führte ihn dorthin, wo die wahren Geheimnisse der Höhlen verborgen waren.

»Halt! Bleiben Sie stehen!«

Der Lord wandte sich um und hob den Knüppel. Der, der ihn angerufen hatte, bekam glasige Augen und sagte nichts mehr. Er schien zu schwanken, aber er fiel nicht. Der Lord ging weiter, ganz gelassen, als mache er einen Spaziergang.

Hinter der nächsten Tür lag eine große Halle. Die Decke bestand aus gewachsenem Fels, nur zwei der Seitenwände waren eingezogen. Auf einem niedrigen Gefährt mit vielen Rollen lag ein Fleischberg, der sich nicht rührte. Langsam ging der Lord rundherum. Er betrachtete das Monstrum von allen Seiten. Es wirkte weder lebendig noch tot – eher künstlich.

Wie ein für einen Umzug hergestellter Drache.

Aber das Monstrum war wirklich aus Fleisch. Der Lord überzeugte sich davon. Und tot – nein, tot war es nicht.

»Wie ich sehe, haben Sie den Rundgang allein angetreten, Sir Edward. Nicht sehr höflich. Aber Höflichkeit kann ich von einem Mann, dem ich seinen Tod versprochen habe, nicht erwarten.«

Auch jetzt verriet der Lord keine Regung. Er wirkte heiter und gelassen, als er sich zu dem Sprecher umdrehte. Die Pistole, die der andere in der Hand hielt, schien er nicht zu bemerken.

»Ich weiß nicht, wie es Ihnen gelungen ist, den Wächter zu überlisten«, sagte der Mann plötzlich scharf und drohend. »Mit mir gelingt Ihnen das nicht. Nehmen Sie die Waffe aus der Tasche und legen Sie sie auf den Boden. Los, los, sonst drücke ich ab. Ich werde Sie nicht töten, Sir Edward. Ich gelte als ausgezeichneter Schütze. Wetten, dass ich Ihr Knie treffe?«

»Ach, lassen wir diese Wette«, sagte der Lord, griff in die Tasche, machte aber gleichzeitig eine Bewegung mit dem Gummiknüppel. Metall klirrte auf den Boden. Verblüfft betrachtete der Mann erst seine Hand und dann die Pistole, die er fallengelassen hatte.

»Sie werden sich nicht bücken, um das Ding aufzuheben«, sagte der Lord.

Sein Gegner wich zurück. Zum ersten Mal, seit der Lord ihn kannte, war in seinem Blick Angst – aber auch Zorn und Hass, und diesen Gefühlen gab er nach. Oh, er war noch nicht am Ende, noch lange nicht. Der Lord sollte sich nicht einbilden, mit einem seiner Tricks Sieger zu bleiben.

Mit wenigen Schritten war der Mann hinter einer halbhohen Wand verschwunden, auf deren anderer Seite ein Schaltpult war. Er drückte einige Knöpfe, bewegte ein paar Hebel. Der Lord hörte Geräusche schräg hinter sich und spürte am kühlen Luftzug, dass der Weg nach draußen sich öffnete. Von weither drang das Rauschen der Brandung an sein Ohr.

»Sir Edward, in diesem Augenblick sind vier Maschinenpistolen auf Sie gerichtet!«, sagte der Mann hinter der halbhohen Wand, während sich das niedrige Gefährt mit dem Fleischberg in Bewegung setzte. »Sie tun also gut daran, meine Anweisungen diesmal zu befolgen. – Oder glauben Sie, dass Sie gegen vier Maschinenpistolen eine Chance haben?«

»Nein, nein«, gab der Lord bereitwillig zu. »Ich habe mich selten überschätzt.«

»Also werfen Sie die Pistole jetzt weg!«

Der Lord tat es. Das niedrige Fahrzeug hatte die Öffnung fast erreicht. Bewundernd warf der Lord ihm einen Blick nach. Bewundernd auch betrachtete er die Konstruktion des Ausgangs, mehr als zehn Yards breit und hoch wie ein Haus.

»Genial gemacht«, sagte er. »Von draußen nicht zu erkennen.«

»Ich danke für Ihre Anerkennung«, sagte der Mann spöttisch. »Trotzdem darf ich Sie bitten, auch den Knüppel fallen zu lassen. Sonst stellen Sie damit noch etwas an.«

Der Lord zuckte die Schultern und gehorchte.

»Sie werden einen interessanten Tod haben«, versprach sein Gegner. »Das Tier auf dem Wagen ist mein Lieblingsspielzeug. Es wirkt nur im Augenblick so harmlos und plump. Sobald es im Wasser ist, werde ich es aktivieren. Dann können Sie ihm gesegnete Mahlzeit wünschen, Sir Edward.«

»Ah? – Ich nehme an, das ist Ihre Art von Humor, Mr. Vale. Denn die Mahlzeit soll doch sicher ich sein.«

»Woher wissen Sie meinen Namen?«, fragte der Mann ganz gegen seinen Willen und spürte, dass er immer noch nicht gewonnen hatte.

»Hamilton Vale«, sagte der Lord. »Der Vorname ist doch Hamilton?«

»Ja, sein Vorname ist Hamilton! Aber er sollte Satan heißen!«

Das war eine Frauenstimme. Sie kam von der anderen Seite der Höhle. Der Lord drehte sich um und entdeckte eine hell gekleidete junge Frau von attraktivem Äußeren, die unwillig nach einem Mann schlug, der sie zurückzureißen suchte.

»Lasst sie in Ruhe«, sagte Vale eiskalt. »Sarah, ich habe dich gewarnt. Ich habe dir versprochen, dass du sterben wirst, wenn du noch einmal gegen meinen Willen handelst. Du hast es trotzdem getan.«

»Miss Sarah Coxmann«, sagte der Lord. »Prof. Coxmanns Tochter, wenn ich nicht irre.«

»Und Sie sind der Lord?« In ihrer Stimme waren Angst und Hoffnung.

Hamilton Vale beherrschte seine Nervosität nicht. Er schrie seine Gefangene an.

»Halt den Mund, Sarah! Hier rede ich! Damit du klarsiehst. Ich brauche dich nicht mehr. Du hast deine Rolle als Geisel ausgespielt. Deshalb wirst du jetzt mit dem da sterben!« Mühsam zwang er sich zur Ruhe. »Mein Liebling wird sich freuen«, sagte er höhnisch. »Du hast zartes Fleisch. Er liebt so etwas.«

Draußen war das niedrige Gefährt im Wasser verschwunden; der Lord sah es, als er sich umwandte. Er wusste, es dauerte nicht lange, bis die See aufschäumte, und vermutlich konnte Vale das Untier, den vor einigen Minuten noch leblosen Fleischberg, zurück zum Strand holen. – Als hätte er die Gedanken des Lords gelesen, schilderte Vale gleich darauf seine Absichten.

»Sie und Sarah gehen gleich hinaus und ich werde zusehen, wie mein Liebling Sie frisst.«

Sarah Coxmann war langsam durch die Höhle herübergekommen und stand nun neben dem Lord. Die beiden sahen sich an. Der Lord hielt es nicht für opportun, ihr mit Worten Mut zu machen. Er baute darauf, dass sie seinen Blick verstand.

Offenbar tat sie es, aber sie zeigte Skepsis. Er lächelte.

Draußen schäumte die See. Man sah das aktivierte Monstrum senkrecht in die Luft steigen. Es klatschte zurück aufs Wasser, tauchte und kam mehr als hundert Yards von der ersten Stelle entfernt zum zweiten Mal hoch. Das Spiel wiederholte sich, und sowohl Sarah als auch der Lord sahen dem Schauspiel fasziniert zu.

Hamilton Vale lachte zufrieden.

»Glauben Sie, dass Sie eine Chance haben, Sir Edward?«, fragte er spöttisch. »Glauben Sie das immer noch?«

Der Lord zuckte gleichmutig die Achseln.

»Ah, Sie beherrschen sich großartig. Aber ich verspreche, im Angesicht des Todes werden Sie schreien und wimmern wie alle anderen. Aber es wird Ihnen nichts nützen. Mein kleiner Liebling, der dort draußen spielt, kennt kein Mitleid. Und wenn er zu solcher Empfindung fähig wäre – es nützte Ihnen doch nichts, denn das Tierchen befolgt jeden meiner Befehle.«

»Ihr Bruder muss einen starken Defekt haben, Miss Coxmann«, sagte der Lord – eben laut genug, dass Vale ihn hören konnte. »Verzeihung: Ihr Stiefbruder. Wie kommt er eigentlich zu dem Namen Vale?«

»Seine Mutter hieß so. Er hat den Namen angenommen, nachdem er sich mit Vater entzweit hatte«, murmelte Sarah Coxmann.

»Das dachte ich mir.«

»Genug!«, bellte Vale mit verzerrtem Gesicht. »Genug jetzt! Los, gehen Sie hinaus, Sie – Sie Lord! Sie geheimnisvoller, mächtiger Mann! Jetzt werden Sie Ihren Meister kennenlernen und das wird zugleich Ihr Tod sein! – Los, Sarah, du begleitest ihn. Es wird mir ein besonderes Vergnügen sein, euch gemeinsam sterben zu sehen!«

»Kommen Sie nur«, flüsterte der Lord und nahm das Mädchen bei der Hand. Die Hand war eiskalt, aber der Widerstand, den Sarah Coxmann instinktiv leistete, schwand schnell. Der Lord spürte das Vertrauen des Mädchens.

Hoffentlich, dachte er, *hat sie damit nicht auf Sand gebaut.*

Hamilton Vale trieb die beiden mithilfe seiner vier MP-Schützen vor sich her, bis sie die Wasserlinie erreicht hatten. Er selbst blieb im Hintergrund. Ohne hinzusehen, erkannte der Lord den Kasten, den er sich umgehängt hatte, und aus dem eine mehrere Yards lange Antenne biegsam in die Luft ragte.

Nicht weit vom Ufer entfernt wurde das Wasser aufgewühlt. Die Nacht war schwarz. Nur vom Leuchtturm her kam der Lichtschein der sich ständig drohenden Befeuerung.

Das Untier klatschte im flachen Wasser auf den Sand. Sein schrecklicher Kopf tauchte auf, das Maul öffnete sich und ließ die Reihen dolchlanger, nadelspitzer Zähne sehen.

»Leben Sie wohl, Sir Edward!«, kreischte Vale mit der Stimme eines Wahnsinnigen. »Alles Gute, Schwesterchen!«

Sein irres Lachen brach sich an dem Klippen von Beachy Head. Der Lord hob die Arme, als der Kopf des Untiers noch wenige Yards entfernt war. Sarah Coxmann suchte hinter seinem Rücken Schutz. Und dann stieß ihr Halbbruder einen Schrei aus, der so schaurig war, dass die MP-Schützen zusammenzuckten. Sie begriffen einen Augenblick später als ihr Chef. Was sie sahen, genügte, dass sie die Waffen fallen ließen und die Flucht ergriffen.

*

Nachdem er losgefahren war, hatte Rob Jones über das Funktelefon des Rolls-Royce Chefinspektor Maugham benachrichtigt. Sie waren gut aufeinander eingespielt, wie sich hier wieder einmal zeigte. Rob Jones brauchte kein überflüssiges Wort zu sagen.

»Ich breche sofort auf. Wir treffen uns an der Kreuzung.«

Die Kreuzung, die der Chefinspektor meinte, hatte Rob Jones genau beschrieben. Da Maugham und seine Begleiter den größten Teil der Strecke mit Blinklicht und Alarmglocke gefahren waren und sich rücksichtslos Platz geschaffen hatten, langten sie fast zur gleichen Zeit am Treffpunkt an.

»Da sind die beiden Burschen, Walter. Sie kennen den Eingang. Ich habe ihnen versprochen, dass ich sie sofort umlege, wenn sie einen Trick versuchen. Und das werde ich halten, ob mir halb Scotland Yard dabei zusieht oder nicht.« Er sagte das besonders grimmig; dass Tom und William ihm jedes Wort glaubten, bedurfte keiner Frage. Schon droben in London hatte er sie überzeugt, dass er Gewalt zwar hasste, sie aber bedenkenlos anwandte, wenn es notwendig war.

»Da drüben ist es. Ungefähr 200 Yards den Weg entlang. Nicht zu verfehlen. Es gibt dort nur das eine Haus.«

Sie legten den Weg zu Fuß zurück. Rob Jones trieb einen der beiden Männer vor sich her. Der andere wurde von zwei Polizisten getragen; es würde einige Zeit dauern, bis er wieder ohne fremde Hilfe gehen konnte.

Tatsächlich stießen sie nach wenig mehr als 200 Yards auf ein Anwesen, das verwahrlost aussah. Ein ehemaliges Landhaus, zu einem kleinen Produktionsbetrieb um- und ausgebaut, der aber schon lange stillgelegt war. Rob Jones und Chefinspektor Maugham, die sich leise unterhielten, kamen zu dem gleichen Schluss. Wenn alles stimmte, was die beiden schrägen Vögel gesungen halten, war das der ideale Einstieg. Durch die großen Tore konnte man das benötigte Material mühelos hereinbringen, und das Anwesen lag so einsam, dass neugierige Nachbarn nicht zu fürchten waren.

»Hoffentlich ist er wirklich hier«, murmelte Maugham.

»Hoffentlich geht es ihm gut«, erwiderte Rob Jones.

»Wir müssen dort drüben hinein«, sagte Tom.

»Durch das Fenster?«

»Es gibt da einen Riegel. Alle anderen Zugänge sind an die Alarmanlage angeschlossen.«

»Scheißkerl«, murmelte William.

»Glaubst du, ich halte den Kopf hin?«, fragte sein Kumpan giftig. »Ich weiß, was gut für mich ist.«

Tatsächlich ließ der untere Teil des Fensters sich mühelos hochschieben, nachdem Tom den versteckt angebrachten Riegel betätigt hatte. Chefinspektor Maugham verteilte einige seiner Leute rings um das Haus und seine Anbauten. William mit dem verletzten Bein blieb in ihrer Obhut. Maugham selbst und Rob Jones sowie ein halbes Dutzend gut ausgerüsteter Beamter folgten Tom. Er führte sie ohne Umwege zu einer Treppe und betätigte im Keller einen zweiten versteckten Mechanismus.

»Treppe oder Lift?«, fragte er.

Maugham und Jones entschieden sich für die Treppe, blockierten jedoch gleichzeitig den Lift und ließen einen Mann oben zurück.

»Das ist ja schlimmer als in der Underground«, stellte Rob Jones unterwegs fest. Tatsachlich wand die Treppe sich in ungezählten Kurven um den Liftschacht, es mussten mehr als 300 Stufen sein.

»Wie, um Himmels willen, kriegt ihr die schweren Sachen da hinunter?«, erkundigte Rob Jones sich. Tom gab auch hierauf bereitwillig Auskunft. Es gab noch einen Schrägaufzug, der Lasten bis zu mehreren Tonnen schaffte.

Endlich langten sie unten an.

»Vermutlich ist der Boss dort drüben«, sagte Tom. »Da liegt sein Büro.«

Aber im gleichen Augenblick hörten alle einen gellenden, irren Schrei. Einer der Polizisten versetzte Tom einen Schlag, sodass der zu Boden ging. Alle stürmten los, Rob Jones voran, doch griff Maugham bald nach seinem Arm und keuchte: »Nicht! Bleiben Sie zurück! Die anderen sind bewaffnet und haben kugelsichere Westen!«

Sie langten in der Höhle an, erreichten sie durch die gleiche Tür, die der Lord früher benutzt hatte. Das Bild, das sich ihnen bot, war gespenstisch.

Draußen vor der Höhle standen der Lord und ein hellgekleidetes Mädchen und hinter ihnen wiegte ein schauderhaftes Ungeheuer seinen mächtigen Kopf mit einem Maul voller nadelspitzer Zähne hin und her wie im Rhythmus einer lautlosen Musik. Vier Männer flohen nach verschiedenen Richtungen. Einer aber stand in der Öffnung der Höhle und schrie noch immer gellend, schien den Himmel anzuflehen mit seltsam verrenkten Gliedern, fiel dann auf die Knie und drosch mit den Fäusten auf ein Schaltbrett ein, das Teil eines Kastens war, den er umgehängt hatte und von dem eine lange Antenne biegsam in die Luft ragte.

Eine MP-Salve knatterte durch die Höhle. Der kniende Mann warf sich herum, schrie noch einmal auf und streckte sich dann aus. Die vier fliehenden Männer wurden eingefangen und überwältigt. Der Lord hatte einen Arm um die Schultern des Mädchens gelegt, das in haltloses Schluchzen

ausbrach, und führte es weg. Er und Rob Jones tauschten einen Blick. Jones wandte sich an die MP-Schützen und gab ihnen einen Wink. Sie gingen vorsichtig näher auf das Ungeheuer zu, das immer noch unweit der Wasserlinie verharrte und den Kopf zu der lautlosen Musik bewegte.

Die ersten Salven schienen es nicht zu beeindrucken. Die Polizisten mussten es im Wortsinn voll Blei pumpen, bis es sich endlich mit einem vernehmlichen Seufzer auf die Seite legte.

Rob Jones spürte fast so etwas wie Bedauern für diese Kreatur, die ihr Dasein einem wahnsinnigen Wissenschaftler verdankte.

»Das da war überflüssig«, sagte der Lord und deutete auf die Leiche von Hamilton Vale. »Er war ohnehin erledigt. Er hatte die Partie verloren.«

»Tut mir leid, Sir Edward«, murmelte der Chefinspektor. »Ich habe das Zeichen zum Feuern gegeben. Ich wusste ja nicht, was er noch anstellen würde.«

»Machen Sie sich nichts draus«, murmelte der Lord erschöpft. »Für ihn ist es besser so. Und erzählt hätte er Ihnen ohnehin nichts, was Sie nicht auch so herausfinden können. Sein Geist hatte sich verwirrt.«

»Wer war er?«, fragte Maugham.

»Prof. Coxmanns Sohn aus erster Ehe. Ein Mann, der seinem Vater alles verdankte und ihn hasste wie nichts auf der Welt. Ein genialer Wissenschaftler, aber ein Wahnsinniger. Als Coxmann merkte, welches Ziel sein Sohn sich gesetzt hatte, verstieß er ihn. Hamilton Coxmann nannte sich fortan Hamilton Vale, nach seiner Mutter. Er arbeitete weiter unter den Augen seines Vaters. Und der war zu schwach, dem ein Ende zu setzen und seinen Sohn anzuzeigen. Das ist seine ganze Schuld.«

»Eine schwere Schuld, wenn man die Folgen betrachtet«, sagte Maugham.

Der Lord schüttelte den Kopf. »Für das, was in den letzten Wochen geschehen ist, dürfen Sie Prof. Coxmann nicht zur Rechenschaft ziehen. Dafür ist er nicht verantwortlich zu machen. Denn hätte er seinen Sohn verraten, hätte er seine Tochter getötet.« Er deutete auf Sarah. »Sie war die Geisel ihres Halbbruders.«

Von draußen kam ein überraschter Schrei. Alle drehten sich um. Sie sahen, wie das bleigefüllte Ungeheuer in der See verschwand, als lebte es noch.

ENDE

… und hier eine Leseprobe aus dem nächsten Band:

DR. MORTON 118 »TOD IM HIPPODROME«

Cora Winter lehnte sich mit dem Rücken gegen die Wagentür und betrachtete den jungen Mann am Lenkrad mit verliebtem Lächeln. Sie kannte Reto Bränti erst seit 48 Stunden. Aber sie war ganz sicher, dass sie ihn liebte.

»Wohin fahren wir, Reto?«

»In die Berge«, sagte er knapp und sah geradeaus. Er fuhr rasch und sicher.

»Bei der Hitze sollten wir am Strand liegen. Das Wasser ist wunderbar klar und frisch. Und die Wellen …«

»In den Bergen ist es kühl«, unterbrach er sie. »Es wird dir gefallen.«

Die Straße stieg in zahllosen Kurven bergan. Tatsächlich wurde es kühler. Der Fahrtwind ließ Coras Haar flattern.

Warum war Reto so schweigsam? Cora fragte ihn, ob er Sorgen hätte. Er antwortete ausweichend.

»Wenn ich dir helfen kann …«

»Natürlich kannst du mir helfen«, sagte Reto. »Und du wirst es auch tun. Nicht wahr?«

Vergeblich suchte sie in seiner Stimme eine Spur von Zärtlichkeit. Was hatte ihn so verändert?

Der Wagen bog von der schmalen Straße ab und holperte langsam über den Waldweg. Bränti kannte sein Ziel genau. Er hatte die Stelle sorgfältig ausgesucht. Minuten später stoppte er den Wagen am Rand der kleinen Lichtung.

»Hier sind wir ungestört, mein Schatz. Los, steig aus.« Er ging nach hinten und öffnete den Kofferraum. Cora blieb unschlüssig neben dem Wagen stehen. Beide hörten das Geräusch, das vom anderen Ende der Lichtung kam. Dann sahen sie den alten Mann. Er kam auf sie zu. Sein Gesicht war vom Wetter gegerbt. Er trug die Kleidung der Bauern aus dieser Gegend. Misstrauisch betrachtete er die jungen Leute. Cora wandte sich zu Reto um. Über dem aufgeklappten Kofferraumdeckel sah sie nur seinen Kopf und die breiten Schultern.

Der Alte kam näher. Er erwiderte Coras Gruß nicht. Aber als er den Wagen fast erreicht hatte, blieb er stehen. Etwas Herausforderndes war in seiner Haltung.

»Verdammt nochmal«, sagte Reto leise und gepresst. Mit der linken Hand schlug er den Kofferraumdeckel zu. In der rechten hielt er eine halbautomatische Pistole mit aufgesetztem Schalldämpfer.